BIBLIOTHÈQUE ARTISTIQUE

LA

PERSPECTIVE
EXPÉRIMENTALE

OU

L'ORTHOGRAPHE DES FORMES

A L'USAGE

DES AMATEURS ET DES ARTISTES PEINTRES, SCULPTEURS ET ARCHITECTES

PAR GOUPIL

ÉLÈVE D'HORACE VERNET

PARIS

RENAULD, 10, QUAI DU LOUVRE, 10

1876

LA

PERSPECTIVE EXPÉRIMENTALE

ARTISTIQUE MÉTHODIQUE

ET ATTRAYANTE

OU

L'ORTHOGRAPHE DES FORMES

SCIENCE INDISPENSABLE

AUX AMATEURS ET ARTISTES, AUX PHOTOGRAPHES, AUX PEINTRES, SCULPTEURS, DÉCORATEURS ET ARCHITECTES, AUX DESSINATEURS DE JARDINS, AUX TREILLAGEURS, AUX DESSINATEURS INDUSTRIELS ET AUX OFFICIERS EN CAMPAGNE POUR L'APPRÉCIATION DES DISTANCES TOPOGRAPHIQUES

Par F. GOUPIL

Peintre de figures attaché aux travaux de la manufacture nationale de Sèvres
Officier d'académie, élève d'Horace Vernet
et professeur des cours gratuits de dessin à l'École municipale de Sèvres
en faveur des ouvriers.

PARIS
D. RENAULD, LIBRAIRE ÉDITEUR
10, QUAI DU LOUVRE

TABLE GÉNÉRALE

LA

PERSPECTIVE EXPÉRIMENTALE

Quoi de plus merveilleux que l'œil ? Vrai miracle en effet que de pouvoir embrasser du regard l'infini des espaces célestes, et les innombrables objets qui remplissent les panoramas les plus étendus sans la moindre fatigue.

Le sculpteur, l'architecte, le peintre et le décorateur ont besoin de connaître la perspective et de l'étudier dans les livres spéciaux en même temps que d'après nature, en appliquant les règles apprises dans les livres.

Nous avons la conviction que, sans entrer dans les profondeurs un peu arides et abstraites de la science, il est possible d'asseoir ses idées sur les plus importantes opérations du dessin et d'enseigner à comprendre le pourquoi des formes ; avantage qu'on ne peut trouver en dessinant de routine, de cette routine que les amateurs appellent le dessin de sentiment. Il est impossible de devenir peintre si l'on ne connaît que le mécanisme de l'art qui permet de copier tant bien que mal, ou par à peu près, un modèle donné. On se croit peintre quand on n'est que copiste, mais sans la perspective on ne peut composer le moindre ensemble, ni même copier la nature dans des rapports exacts, parce qu'aucune règle ne vient guider et rectifier les inexactitudes du coup d'œil.

Principe fondamental : pour apprendre la perspective, il faut comparer les apparences des objets avec leurs formes réelles qui sont dites *géométrales*, c'est ce que nous expliquerons plus loin.

Perspective vient du mot latin *perspicere*, apercevoir.

La haute perspective, celle où les grands maîtres ont le plus brillé, s'appliquait au dessin sur toute espèce de surfaces courbes ou planes, telles que les voûtes de toutes formes et coupoles des monuments; elle exige des connaissances géométriques beaucoup plus profondes qui ne peuvent trouver place dans un opuscule de ce genre.

La perspective curieuse dans quelques ouvrages de mathématiques donne les règles d'après lesquelles on trace sur certaines surfaces des lignes bizarres par la forme, mais qui, vues d'un certain point, prennent l'apparence d'un objet réel et agréable.

Ces déformations graphiques ont donné naissance à un jeu de salon qu'on nomme jeu des anamorphoses. Il se compose de cartes coloriées très-informes en apparence sur lesquelles on pose un cylindre droit étamé intérieurement, à l'instant les images se reflètent dans le miroir dit cylindrique et donnent un sujet *réel* reconstitué dans les formes voulues devenues très-correctes, d'indéchiffrables et ridicules qu'elles étaient d'abord. Ce jeu curieux et fort divertissant se trouve chez beaucoup d'opticiens et est d'un prix relativement minime, sous le nom de jeu des anamorphoses.

L'étude de la réflexion des images par les miroirs est ce qu'on appelait autrefois la science dioptrique et catoptrique.

Pour qu'un objet soit visible, il faut qu'il soit coloré ou éclairé; la lumière est le principe ou la source de la couleur et par conséquent la source de toute impression visuelle ou optique (1).

Il y a dans la perspective deux parties, la perspective *linéaire* qui s'occupe des lignes et des formes, et la perspective aérienne qui n'a trait qu'à l'étude de la couleur des objets selon leurs effets de lumière et d'ombre. La distance où nous sommes placés relativement à un objet quelconque nous permet de le voir plus ou moins bien ou distinctement dans son ensemble et dans ses détails; et nous prenons l'habitude de voir mieux les objets de près que de loin, c'est, généralement, à la distance où nous avons coutume de converser ou de lire. Nous tous qui avons le bonheur de jouir de l'inappréciable

(1) Le mot optique vient d'un mot grec qui signifie voir.

bienfait de la vue, comprenons-nous bien réellement toute l'étendue de cette divine faveur ?

La nature est le grand dictionnaire de toutes les contemplations et de tous les enseignements d'art et de science ; il faut apprendre à le feuilleter. Nous l'avons toujours sous les yeux et son immensité nous confond. Elle ne nous offre pas d'abstractions, mais uniquement des objets réels : tout y est saisissable. Les géomètres nous disent qu'une ligne est une suite continue de points et n'a que longueur sans épaisseur; qu'un point est le commencement ou la fin d'une ligne ; cela est peu compréhensible. Mais ce que nous comprenons parfaitement, c'est que le mot ligne vient de *linea*, en latin *un fil;* une ligne ne doit être qu'un fil ou un trait que l'on peut toujours imaginer être le bord matériel des objets, c'est *le contour ;* qu'un point est la trace la plus petite de l'extrémité du crayon ou de la plume sur le papier ou la toile. Nous ne pouvons connaître les dimensions réelles des objets qu'en les mesurant en tous sens *géométriquement*. Nous ne voyons les objets matériels que plus ou moins partiellement, car les corps opaques ne laissent apparent que le devant, le derrière étant caché ; de plus, si l'objet est une boule parfaite, appelée *sphère*, notre œil n'en voit *même pas la moitié ;* en effet, plaçons-nous devant une boule de billard et du point où sera notre œil, menons deux rayons visuels, c'est-à-dire plaçons deux règles de bois à droite et à gauche sur le bord du contour, cela formera ce qu'on appelle l'angle optique et nous verrons qu'aux deux points de contact des règles, l'espace visible de la boule est beaucoup plus étroit que celui qui partagerait en deux la boule par la section d'un plan ou couteau. On comprendra que plus on s'éloigne, plus l'angle visuel devient aigu et plus on voit *de la surface visible.* Découpons un cercle ou disque de papier ou carton de la grandeur, c'est-à-dire du diamètre d'une boule de billard, et regardons-la bien en face pour la comparer à la boule de billard, nous comprendrons immédiatement la différence qu'il y a entre un plan circulaire *géométral* (c'est-à-dire tracé au compas), *le cercle est le plan géométral de la sphère*, et le corps rond, solide, opaque, dit sphère. Mettons en regard une demi-boule creuse, une demi-boule convexe en parallèle avec le cercle plan de carton ; nous aurons l'idée parfaitement nette de ce qui donne l'apparence du relief ou du creux ; ce sont les ombres! Éloignons-nous, les objets diminuent ; approchons-nous, ils grossissent. Mais la forme reste la même tant qu'on avance ou recule sur la même ligne.

Le cercle plan conserve sa forme si nous le regardons bien en face, mais si nous le regardons obliquement, il devient ovale ou elliptique et peut arriver à se confondre avec un fil, si nous le voyons par la tranche. Les boules mates, polies, ou transparentes, ont des aspects variés qu'on doit étudier. Les billes blanches, grises, noires, de différentes grosseurs, les billes demi-transparentes en verre imitant l'opale, les balles de plomb de divers calibres dont on peut peindre la surface à l'huile ou à la colle, en rouge, en jaune, en vert, en violet, en bleu, en blanc, en noir, exposées à la lumière d'un soleil ardent ou à la lumière d'une lampe sur des feuilles de papier uni, noir, blanc, rouge, orangé, jaune, vert, bleu, indigo, violet, enseigneront successivement les modifications de reflets colorés dont tous les objets sphériques seront susceptibles. Le peintre Titien recommandait à ses élèves, comme étude des plus instructives du clair-obscur et du modelé des corps arrondis, celle toute spéciale d'une grappe de raisin, tant à cause de la diminution graduelle de chaque grain au point de vue de l'enfoncement perspectif dans le tableau que sous le rapport de la distribution des lumières, des ombres et des reflets.

Une boule est le seul corps qui conserve sa forme apparente sans déformation quelle que soit la position de l'œil.

LECTURE DES FORMES

La boule est le corps le plus simple et le plus régulier, n'étant contenu que sous une seule surface arrondie et convexe. Un œuf étant allongé et caractérisé par deux bouts, l'un plus gros que l'autre, présente des aspects perspectifs très-variés. En général, plus un corps est mouvementé dans sa ou ses surfaces et plus les apparences en sont diverses. Une poire, une pêche, un melon, une prune, une cerise sont des corps naturels plus ou moins simples dans leurs formes et par conséquent variables à l'infini dans leurs apparences perspectives.

Pour parvenir à bien dessiner, il faut apprendre d'abord à bien voir, puis à raisonner sur ce que l'on voit, et exercer la main par l'habitude en dessinant très-fréquemment.

Pour bien voir, il est indispensable de se bien placer devant son modèle, c'est-à-dire ni trop loin ni trop près, et bien en face de l'objet. L'œil et son rayon visuel tombant d'aplomb sur le centre de l'objet.

Le dessin est l'art d'imiter par le trait et l'ombre les formes apparentes de tous les objets offerts à nos yeux. L'architecture, la sculpture et la peinture s'appellent les arts du dessin, c'est-à-dire que la connaissance du dessin en est la base commune.

Ce traité s'adresse aux personnes qui savent lire et écrire sans aucune autre notion de dessin que celle du tracé des caractères de l'écriture, qui est elle-même du dessin ; nous y ferons premièrement observer que, dans le dessin, qui a toujours pour but d'imiter ou copier exactement un modèle aussi bien que d'imaginer de soi-même en les créant des formes capricieuses telles que l'ornement qu'on invente, *on trace des lignes* de trois genres : droites, courbes et mixtes, circulaires, ondulées et brisées, sans oublier les lignes pointillées.

Les lignes sont comme des fils généralement ; néanmoins, dans l'écriture, les déliés seuls sont comme des fils et prennent le nom de pleins quand on les renfle et leur donne de l'épaisseur.

Les formes égales sont de même grandeur, les formes semblables diffèrent par la grandeur seulement. Tous les cercles grands ou petits, tous les carrés grands ou petits, tous les pentagones, etc., sont des figures de formes semblables.

RELIEF

Une demi-boule creuse recevant la lumière d'un point du côté gauche est ombrée à peu près de même qu'une demi-boule convexe éclairée du côté droit.

Les formes vagues sont celles qui n'ont pas un contour arrêté, celles des nuages qui se fondent dans un ciel bleu ou de la fumée et des vapeurs.

Le relief est l'apparence des saillies et des creux des objets que nous regardons. C'est uniquement par la manière d'ombrer, appelée entente du *clair-obscur*, qu'on produit l'illusion du relief. On ne peut donc donner l'aspect de rondeur saillante à une boule qu'en ombrant de certaine façon l'intérieur du cercle. Un simple trait ne peut donner l'apparence du relief. Quiconque veut dessiner doit s'exercer au dessin linéaire, au compas d'abord et à main levée, et surtout apprendre à diviser à vue d'œil des lignes droites et des courbes en parties égales, à trouver le centre de courbes ou arcs de cercle quelconques, à mesurer à vue d'œil des angles, à tracer des verticales, des horizontales et des obliques inclinées sous des angles donnés.

GÉOMETRIE FAMILIÈRE

NOMS DES LIGNES ET DES FORMES SUIVANT LEURS DIRECTIONS ET LEURS GROUPEMENTS

En perspective, les figures les plus régulières géométralement tracées se déforment toujours quand on les couche : ainsi un carré couché sur le sol devant nous, ayant le côté de la base parallèle à la ligne de terre, devient une sorte de trapèze; la profondeur entre les côtés des bases inférieures et supérieures devient de plus en plus serrée à mesure que le carré s'élève en s'enfonçant vers la ligne d'horizon.

Il y a des lignes imaginaires, qu'on est obligé de supposer, on les trace fictivement par points ou mentalement pour faciliter l'intelligence des apparences perspectives. Dans un pays montagneux, on imagine la ligne d'horizon tracée mentalement à la hauteur de l'œil devant les montagnes.

Un point est censé l'extrémité, le commencement ou la fin d'une ligne. Le point est, pour l'œil, considéré comme ce qu'on est capable d'imaginer de plus petit en dessin; c'est la trace la plus minime que puisse laisser au papier la plus fine extrémité de notre crayon ou de notre plume. On conçoit que si notre plume a le bec large, le point sera déjà une espèce de ligne ; il en sera de même si notre crayon est taillé carrément ou présente une facette ; le point ou la trace qu'il laissera sera plus ou moins épaisse et carrée; mais, en parlant du point, il sera toujours supposé qu'il doit être rond et très-petit, comme la pointe d'un compas. Un navire à l'horizon de la mer semble un point.

L'horizon dans la nature est, pour ainsi dire, le bord de la terre, sa limite visible; lorsqu'en pleine mer nous contemplons l'immense spectacle qui nous entoure, l'horizon s'offre à nous sous la forme d'une ligne droite, qui semble nous envelopper de tous côtés : c'est ce qu'on nomme la ligne horizontale infinie ou indéfinie. Comme nos

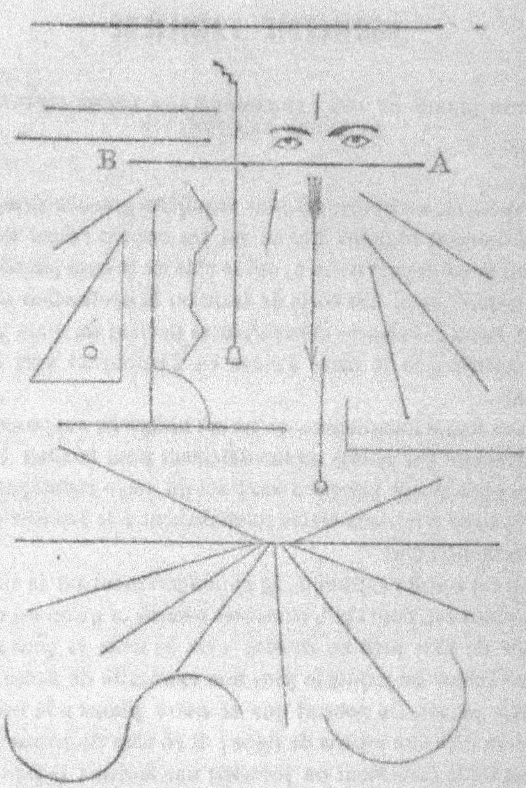

idées ne se forment que par comparaisons successives, nous appliquons l'idée de ligne ou direction horizontale à toute ligne qui, par rapport à un spectateur debout, se trouve dans le même sens que ses yeux, quand la tête est parfaitement droite. En dessin, nous considérons tous les objets ou corps, qui sont soumis à nos regards, sous le rapport de leur enveloppe extérieure appelée *surface*, et sous le rapport du *contour* ou limite de ces surfaces (1).

(1) On nomme surface plane celle sur laquelle on peut partout appliquer une règle. La sphère est une surface courbe dont tous les points sont à

Après la ligne horizontale, il est bon de faire connaître la ligne *verticale*. Ce mot vient du latin *vertex*, tête. Sa direction est sensée partir de la tête du spectateur debout pour aller vers les pieds, c'est la ligne inflexiblement invariable du fil au bout duquel est suspendu un bout de plomb ou tout autre corps pesant. Le fil à plomb des maçons sert à vérifier la verticalité de leurs ouvrages.

L'horizontale est invariable comme la *verticale*. Les directions de lignes qui ne sont ni horizontales ni verticales sont obliques, biaises ou transversales quand elles traversent certaines figures : des lignes *parallèles* sont celles qui, comparées entre elles, conservent toujours une distance égale. Les fils de fer d'une cage sont parallèles entre eux, les barres d'une grille, d'un treillage, etc. La croix d'un clocher offre dans la partie la plus longue une verticale et dans la partie courte une horizontale. Les corps lourds tombent dans la direction verticale, à moins que le vent ou toute autre force ne leur imprime une direction autre ; la pluie chassée par la tempête incline obliquement les lignes de chute des gouttes d'eau.

égale distance du centre. Une boule est égale en longueur, largeur et épaisseur, n'importe où vous la mesurez. Un rouleau de papier est une surface courbe, la règle s'y applique en longueur seulement. Le cône a pour base un cercle plan et se termine par une surface courbe qui enveloppe le cercle et finit par un point. Un pain de sucre, un éteignoir sont des cônes ; sur la surface courbe et dite conique on peut appliquer la règle dans un seul sens de la pointe ou sommet à la base. La forme du cylindre est une surface courbe circulaire comme celle d'un bâton rond et terminée par deux cercles parallèles. La règle s'y applique sur un seul sens de la surface courbe et en tous sens sur les deux bases planes des cercles supérieurs et inférieurs parallèles. On devra, pour bien comprendre les formes, s'accoutumer à tracer idéalement les lignes ou arêtes des faces qu'on ne voit pas : par exemple, dans un cube, un prisme, une pyramide, comme si ces objets dont l'œil ne voit que le devant étaient transparents, les directions de ces lignes aident à comprendre les apparences perspectives des constructions en relief.

La forme de l'œuf, dite ovoïde, est une boule allongée ayant un bout plus petit que l'autre.

La règle ne peut s'appliquer en aucun sens ni sur une boule ou sphère, ni sur l'ovoïde.

ANGLES FORMÉS PAR DES DROITES

OU ANGLES RECTILIGNES TRACÉS SUR UN PLAN OU FEUILLE DE PAPIER

On mesure l'inclinaison des lignes obliques qui ne se rencontrent pas ; en les prolongeant jusqu'à ce qu'elles se rencontrent, elles forment alors un angle qui peut être évalué en degrés au moyen du rapporteur. On place le rapporteur en corne sur l'angle produit par le prolongement des deux lignes de façon que la pointe ou sommet soit bien au centre de l'instrument et on compte ensuite le nombre de degrés compris entre les deux côtés sur le limbe du demi-cercle.

En ouvrant un compas les deux branches forment un angle, d'abord aigu, en l'ouvrant peu ; droit, quant le compas a décrit le quart du cercle ; obtus, quand il dépasse ce quart.

Quand deux lignes se rencontrent, ou marchent l'une vers l'autre dans une certaine inclinaison, elles forment : 1° des *angles*, ou 2° en formeraient si elles étaient prolongées. Ces angles prennent des noms différents suivant leur nature. Le point de réunion de ces lignes se nomme *sommet de l'angle*.

Une ligne verticale forme avec une ligne horizontale un angle appelé droit, qui est celui de l'équerre de bois en usage pour le dessin. L'*angle droit* est un angle *invariable*, comme la direction verticale et la direction horizontale. On peut toujours construire un angle droit ou une équerre parfaite, en ployant sur lui-même le bord droit d'une feuille de papier de façon que la partie droite vienne exactement s'applique ou *coïncider* en tout point le long de la partie gauche. L'*équerre*, le compas et la règle sont les instruments les plus indispensables au dessinateur. En reportant successivement quatre fois autour d'un seul point le tracé de l'angle droit, on voit qu'une surface *plane* (c'est-à-dire sur laquelle on peut toujours appliquer une règle *en tous sens*) est complètement occupée et remplie par quatre angles droits. L'*angle aigu* est plus petit que l'angle droit, l'angle obtus est au contraire plus grand.

Les angles formés par des courbes se nomment angles curvilignes. Dans le dessin d'imitation les angles sont d'un variété infinie, excepté l'angle droit. L'angle formé par deux plans est celui qu'offrent les deux côtés d'un carton à dessin ou deux panneaux d'un paravent.

Une figure plane n'est jamais déformée vue de face. La manière dont on regarde un objet déforme plus ou moins cet objet, à l'exception de la boule dont la forme ne varie jamais.

Un œuf vu par un bout semble une boule. Un dé à coudre a pour plan géométral un cercle, pour coupe ou élévation la forme d'un U et pour perspective un g sur un O plus ou moins allongé. Une borne peut être construite avec les mêmes éléments.

On observe : 1° Qu'un point diminue de grosseur à mesure qu'on s'en éloigne et finit par devenir insaisissable et presque invisible.

2° Qu'une ligne droite, figurée par exemple matériellement par une tringle de fer, selon sa position dans l'espace et devant nous, peut (si nous la regardons par un bout en face de nous) ne paraître qu'un point, et que son obliquité plus ou moins grande, par rapport à notre œil, la raccourcit ou l'allonge plus ou moins. (Premières des notions perspectives ! ! !)

3° Que deux lignes formant angle sur le plan ou tableau nous montrent l'angle qu'elles forment plus ou moins ouvert, suivant que nous plaçons notre œil pour le regarder de côté à droite ou à gauche. Il n'y a de véritable place pour voir exactement et apprécier un angle que de se poser bien en face, *l'œil perpendiculairement dirigé sur le modèle qu'on a devant soi.* Pour bien voir un cercle, il faut que de l'œil le rayon visuel tombe perpendiculairement au plan de ce cercle.

4° Qu'un objet solide, petit, tel qu'une bille, peut masquer et cacher entièrement une boule de billard, par exemple, en la posant sur une table à une certaine distance suffisamment éloignée. Une rangée de clous plantés en ligne, vue d'une des extrémités, n'en laisse voir qu'un seul. Un seul soldat cache ainsi tout un rang.

5° Que des cercles parfaits peuvent devenir des ovales plus ou moins longs et n'avoir même que l'apparence d'une ligne droite selon qu'ils sont vus au-dessus, au-dessous ou sur la ligne qui borne notre vue et qu'on nomme ligne horizontale ou horizon. On le fait comprendre en plaçant devant les yeux un verre cylindrique à boire en faisant remarquer les déformations ou transformations des deux cercles de la base et de la partie supérieure; on fait continuer l'observation des modifications de formes ,en posant sur les bords supérieurs et inférieurs du verre des figures régulières qu'on découpe en carton ou en papier et qu'on place en les collant sur les bords, de façon qu'elles paraissent inscrites dans les cercles du haut et du bas. Nous recommandons particulièrement l'exécution en relief et en carton de tous les solides réguliers pour développer les observations perspectives sur toutes les formes (1). Ces observations pratiques et palpables sont de la plus haute importance pour démontrer que, pour copier un modèle placé devant soi, il faut ne le voir que d'un seul point de vue fixe, qui consiste à se poser bien immobile devant l'objet et en plaçant toujours notre œil et notre tête à la même hauteur (le moindre déplacement de l'œil produisant une déformation).

L'appareil ci-dessous, inventé par Léonard de Vinci, peut servir

(1) Les solides à surfaces planes se nomment polyèdres (en grec veut dire à plusieurs faces terminales). Le plus simple est la pyramide ou tetraèdre terminé par quatre triangles égaux. Le cube est terminé par six faces carrées dont quatre pour le tour et deux pour fermer le haut et le bas. Les solides, terminés par des plans parallèles ou rectangulaires, se nomment aussi des prismes et des parallélipipèdes quand les faces sont parallèles. Les noms des polyèdres sont empruntés au nombre de leurs faces polygonales. Le tétraède a quatre triangles équilateraux, l'héxaèdre a six carrés égaux, l'octaèdre contient huit triangles équilatéraux, le docécaèdre douze pentagones réguliers, l'icosaèdre vingt triangles équilatéraux.

à tracer soi-même d'après des modèles qu'on aura construits en carton : — un cube, un cône, une pyramide et d'autres polyèdres, un cylindre, une boule, un œuf, etc., les contours de ces objets placés derrière la vitre sur une table, et à les ombrer ensuite après les avoir mis au net sur le papier. On les décalquera ainsi dans différentes positions. Nul exercice n'est aussi instructif. On peut décalquer sur la vitre qui doit préalablement avoir été essencée avec un chiffon d'essence de térébenthine qu'on laisse évaporer et sécher à la surface sans l'essuyer. On suit les contours des objets placés derrière avec un crayon lithographique bien taillé qui marque alors sur le verre, ou bien encore faire le tracé sur le verre, avec une fine plume de fer trempée dans une encre qu'on fera soi-même, en délayant un peu de noir de fumée dans de l'essence grasse allongée d'un peu de térébenthine, dont se servent les peintres sur porcelaine.

La chambre obscure et la chambre claire sont des instruments bien connus sur lesquels nous ne pouvons ici nous étendre, ils servent à décalquer les contours des objets placés devant soi à une certaine distance. L'emploi en est plus difficile que celui du décalque à la vitre ; il exige une grande habitude.

Le spectrographe est un nouveau moyen très-simple pour copier une image sans aucune notion du dessin ; il consiste en une glace ou vitre bien transparente et plane, qu'on pose verticalement à côté d'une gravure qu'on pose à gauche de la vitre, et du côté droit on place une feuille de papier blanc ; on regarde dans la glace : l'image se peint à rebours sur la face gauche et on suit le contour au crayon sur le papier de droite.

Vers la fin du XVe, au commencement du XVIe siècle, Léonard de Vinci parle de dessiner sur un vitre. Bramante et ensuite Lomazzo, id. En 1525, Albert Durer donne l'idée d'une machine à vitre pour mettre en perspective. (Voir l'ouvrage spécial sur la perspective publié à Nuremberg.) Puis vint le châssis perspecteur à traçoir mobile de Wren, architecte de Saint-Paul, de Londres, en 1723. (*Magasin pittoresque*, 1844, p. 109.)

Le père jésuite Nicéron a écrit la perspective curieuse. Nous possédons un ouvrage très-intéressant, mais souvent un peu obscur, par le célèbre Salomon de Caulx, sur la perspective, où nous trouvons une planche démonstrative *du châssis perspective vitré*, qu'on trouve également dans le Traité de perspective, du peintre-graveur Abraham Bosse.

DÉCALQUE A LA VITRE, D'APRÈS NATURE

La méthode Cavé emploie le châssis avec une gaze tendue sur laquelle on trace au fusain le décalque des objets placés derrière, mais l'élasticité de l'étoffe a besoin d'être corrigée par l'appui d'une vitre qu'on devrait placer derrière, si l'on veut avoir un décalque non dévié.

La vitre seule, essencée au chiffon, permet au crayon lithographique de marquer suffisamment le décalque cherché, pour qu'en plaçant ensuite sur une table une feuille de papier blanc derrière la vitre, on puisse, à l'aide d'un papier végétal superposé, retracer la mise au net du trait fait au crayon lithographique.

La vitre et les décalques obtenus des objets réguliers vont être la base de l'enseignement *expérimental* que nous proposons ici. En opérant sur la vitre, nous faisons de la perspective sans la savoir et les observations auxquelles donnent lieu les tracés mécaniques, apprennent les règles formulées par les théoriciens dans tous les traités les meilleurs. On placera derrière la vitre une caisse à fleurs, par exemple, à base et faces carrées, et après avoir fixé l'oculaire par où on regardera pour tracer à la hauteur qu'on voudra, on la dessinera. La ligne qui passe par l'œil est l'horizon, c'est une ligne idéale ou supposée, qu'on trace toujours dans toute opération perspective; la vitre est ce qu'on nomme le tableau, et la ligne de terre est son bord inférieur horizontal.

Plantons sur la table ou sur une planche des clous d'égale longueur à égale distance les uns des autres et alignés sur des lignes droites que nous aurions tracées dans diverses positions par rapport à la vitre; nous observons qu'en les décalquant sur la vitre, les clous diminuent graduellement à mesure qu'ils s'éloignent ou s'enfoncent dans le tableau, c'est-à-dire derrière la vitre. (Sur notre vitre, gaze ou tableau, la hauteur, de l'œil est toujours sur la ligne qu'on nomme *horizon.*) — *Le point de vue* ou point où est placé l'œil dans le tableau est toujours sur l'horizon; il est facile de tracer sur plusieurs vitres, soit à l'encre, soit avec du crayon lithographique (1), des figures linéaires, régulières ou non, de placer ces formes parallèlement ou obliquement à notre châssis vitré, de décalquer ces formes sur la vitre et de constater immédiatement les observations faites par ces expériences. Savoir :

1° Que la dégradation ou diminution n'a pas lieu quand la forme

(1) On peut aussi les tracer au pinceau fin avec du noir et du vernis. Le pinceau qu'on emploie est de préférence un pinceau à filets dont se servent les doreurs sur porcelaine pour poser les filets d'or.

on l'objet s'élève ou s'abaisse, ni quand il s'écarte à droite ou à gauche. Elle a lieu seulement quand l'objet s'éloigne du plan (vertical de la vitre que nous nommerons tableau) dans le sens de la profondeur.

2° Qu'un carré dans une vitre ou plan vertical parallèle ou à égale distance du tableau demeure toujours un carré dans quelque situation qu'il se trouve tracé, ainsi qu'un losange, un triangle, un cercle ou un polygone quelconque. Si le plan s'éloigne, toujours parallèlement à lui-même, il n'y a pas déformation des figures, il n'y a que diminution proportionnée à l'enfoncement derrière le tableau.

3° Qu'un carré dans une vitre ou plan vertical placé obliquement par rapport au châssis devient un trapèze ou une figure irrégulière. Un losange, un triangle, un polygogne rectiligne, perdent leur régularité dans cette situation. — Un cercle devient elliptique ou ovale, et toutes les formes rectilignes ou curvilignes sont altérées.

On étudiera aussi, au moyen des vitres sur lesquelles sont tracées des figures, les modifications qu'éprouvent les mêmes formes situées sur le plan de la table qu'on nomme *plan par terre*, et dans des situations parallèles à ce plan, au-dessus et au-dessous de l'œil, et par conséquent de la ligne d'horizon. On verra qu'une vitre placée parallèlement au plan par terre et au niveau de l'œil se confond en une ligne droite, et qu'on n'y peut plus apercevoir aucune des figures qu'on y aurait tracées, de même qu'on ne peut voir sur une carte à jouer placée horizontalement ou verticalement vis-à-vis l'œil les figures qu'elle porte.

Il sera bon après ces expériences de décalquer à la vitre la forme d'un gobelet ou verre à boire, selon son éloignement de l'œil; sa hauteur au-dessus ou au-dessous de l'œil; on en conclura ce qui arrive dans le dessin de toutes les formes d'objets cylindriques, tels que fûts de colonnes et par induction troncs d'arbres, rouleaux de papier et niches ou cylindres partiels creux. On dessinera aussi des boules coupées par quartiers, des cônes, etc., etc., des fruits et leurs sections. Les sections des corps réguliers mis en perspective donnent les règles les plus frappantes de ce que deviennent les courbes dans les corps les moins réguliers qui ont des analogies avec les réguliers, les pommes, les poires et les oranges. On décalquera un cube ou dé (voir la géométrie pour la construction en relief des solides) vu de front, c'est-à-dire ayant une de ses faces parallèle au tableau, vu d'angle, vu de face, c'est-à-dire dans ces trois situations principales.

Un cube à six faces, une table, un tabouret, une maison, un livre, etc., etc., se rapportent au cube, et l'on observera que les images exactes de tous ces objets ne sont que le résultat de la trace que laisserait sur le verre le passage des lignes ou rayons visuels qu'on mènerait de la prunelle aux extrémités des contours des objets. L'horizon est, en perspective, une ligne passant par nos yeux et qu'on imagine pour séparer les objets vus en dessus, de ceux vus en dessous.

Un rayon visuel, en traversant la vitre ou tableau transparent, ne donne l'image que d'un seul point. Le rayon le plus court, qui est celui qui tombe d'aplomb de l'œil sur le plan du tableau, est le plus important par son utilité en perspective, et se nomme *point principal*, ou *point de vue*. C'est le point le plus éloigné en face de nous sur l'horizon.

Toutes les droites horizontales perpendiculaires au tableau sont représentées par des lignes qui concourent au point principal.

Les peintres tracent sur leurs toiles la ligne d'horizon et le point principal, où ils fixent parfois dans un trou fait avec soin un fin cordeau pour vérifier les lignes de fuite au point principal.

La *distance* est la séparation supposée entre l'œil du spectateur et le tableau; on la représente à droite et à gauche sur l'horizon par deux points vers lesquels convergent toujours les fuyantes horizontales formant avec le tableau un angle demi-droit ou de 45 degrés. (Voir Géomét.)

Le point principal et de vue et les points de distance étant une fois fixés sur l'horizon, on peut tout établir et mettre exactement en perspective tout ce qu'on veut.

Les études de décalque sur la gaze ou vitre sont indispensables à l'intelligence de toutes les opérations de perspective. Elles démontrent immédiatement que, si vous êtes trop près du tableau et des objets que vous voulez retracer, vous obtenez des effets désagréables et plus ou moins choquants.

Si vous êtes trop loin, au contraire, les surfaces fuyantes, en se rétrécissant par trop, absorbent certains détails dont on aimerait jouir. Il faut donc, et c'est là part dévolue à l'artiste ou à l'homme de goût, choisir la position qui satisfait le mieux aux conditions qui rendent le site ou les objets agréables dans leur aspect. Il faut donc, devant la nature, étudier, avant de s'asseoir, toutes les faces de son modèle, et essayer en un mot ce qui convient le mieux à son sujet.

Posons devant nous des objets rectangulaires, des livres, des chaises, des boites, de manière que leurs faces latérales fassent avec le bas de ma vitre ou (ce qu'on nomme en terme technique) la ligne de terre, un angle de 45 degrés, toutes les lignes de ces objets qui seront parallèles au sol, ou les horizontales, paraitront fuir et vouloir se réunir à des points de distance. Cette manière de dessiner des maisons vues d'angle était très en faveur chez beaucoup de vieux maitres. Elle n'est pas toujours d'un heureux effet.

La ligne d'horizon contient donc le point principal, et de chaque côté, à droite et à gauche, les points de distance, plus en outre les points qu'on appelle accidentels, où aboutissent toutes les lignes droites qui ne sont ni perpendiculaires, ni diagonales, ni parallèles à la ligne de terre ou base d'un tableau. Il y a aussi d'autres points accidentels qui ne sont pas sur l'horizon et que détermine l'inclinaison des corps réguliers sur le plan perspectif ou tableau.

Si un corps régulier est incliné en arrière, les lignes qui, s'il était dans sa position naturelle, aboutiraient à l'horizon, aboutissent à un point situé dans le ciel qui prend alors le nom de point *accidentel aérien;* le point accidentel terrestre aboutirait par opposition au-dessous de la ligne d'horizon, si le corps régulier est incliné, au contraire, en avant.

Lorsqu'on dessine d'après nature des objets solides, réguliers, posés sur un terrain ou plan horizontal, ils ne peuvent se présenter à la vue que sous trois positions différentes : *de front*, *d'angle et oblique*, à 45 degrés, ou à plus ou moins de 45 degrés.

Pour éclairer l'intelligence de l'élève et guider ses premiers jugements, nous établirons ce principe fondamental, qu'il faut partir de ce qu'il y a de plus simple pour arriver à comprendre ce qui est plus compliqué. Le connu doit venir en aide pour découvrir l'inconnu, et quand il s'agit d'apprécier les grandeurs et les formes, et d'établir des caractères distinctifs entre des objets invariables.

Expliquons-nous sur ce point : pour comparer deux ou plusieurs objets, il faut qu'il y ait des rapports de ressemblance ou des différences plus ou moins saisissables.

On aura une idée plus juste de deux ou plusieurs objets s'ils ont ce qu'on appelle des analogies (1) ; ainsi, on ne choisira pas d'aller comparer un liquide avec un corps solide ou gazeux, une étoffe avec une feuille de papier pour en apprécier la beauté ; on comparera plus volontiers une étoffe avec d'autres étoffes, une toile grossière avec d'autres plus fines, etc. De même, pour les mesures des corps solides ou de leurs surfaces, on prend pour terme ou *unité* de comparaison, des solides, des surfaces ou des lignes connues ; on compare les solides avec les solides, les surfaces de ces solides avec des surfaces analogues, et les lignes ou limites de ces deux surfaces avec des lignes du même genre et caractère que celles qu'on désire connaître.

Le plus court chemin d'un point à un autre, ou la ligne droite, est une invariabilité ; la ligne partout à égale distance d'un point appelé centre ou un cercle, etc., également.

Les courbes, composées de parties circulaires, sont variables.

Les lignes brisées ou mixtes sont variables.

Un angle droit est invariable.

Un triangle équilatéral a 3 côtés égaux et 3 angles égaux.

(1) Analogie, du grec ανα, entre, et λογος, discours, raison, rapport entre les choses.

Un carré a 4 angles droits et 4 côtés égaux; un losange a 4 côtés égaux et les angles opposés égaux deux à deux, mais non droits.

Un pentagone, Un hexagone, Un heptagone, Octogone, Ennéagone, Décagone,	Tous les polygones réguliers ayant des côtés égaux et tous leurs angles égaux, sont invariables par leurs caractères essentiels.

Il est donc utile de les connaître pour y comparer les formes des objets irréguliers que nous nous proposons d'étudier.

La géométrie, dont le mot signifie mesure de la terre, en fournit la connaissance dans ses premiers éléments, qui serviront comme de préface à la perspective.

Nous allons voir comment ces notions aideront à nos jugements; ce sont elles qui nous guident à chaque pas que nous faisons dans l'étude infinie de la nature; à chaque instant elles rectifient nos idées ou nos illusions optiques, nous initient aux lois et aux règles que fournissent les faits observés.

Dans une plaine, si, en nous tenant debout, nous faisons tourner notre corps sur place comme sur un pivot, notre tête et nos yeux suivant le même mouvement, nous recevrons les impressions visuelles ou optiques de tous les objets qui nous entourent, et nous comprendrons que l'idée de la représentation d'une vue de panorama (1) n'est pas autre chose que la réunion en un seul tableau circulaire de ce qui est supposé nous entourer.

Cette expérience nous montre que nos yeux ne peuvent embrasser qu'un certain nombre d'objets, et que, quoique nous en ayons deux, nous sommes obligés de tourner la tête circulairement pour avoir l'idée de la généralité des objets qui forment un immense cercle autour de nous.

Si du lieu où nous nous sommes placés d'abord, nous voulions monter sur une colonne très-élevée pour y jeter nos regards en faisant

(1) Ce mot vient du grec et signifie je vois tout.

également pivoter notre corps sur lui-même, nous verrions les mêmes objets qui précédemment étaient au niveau de nos yeux, beaucoup plus petits, et d'une forme différente qui nous permettraient d'en voir le dessus; l'horizon ne serait plus le même, il monterait avec nos yeux et nous jouirions de la contemplation d'un beaucoup plus grand nombre de choses que nous ne soupçonnions pas lorsque nous étions dans la plaine, et nous voyons beaucoup plus loin. C'est ce qu'on appelle l'aspect d'une localité ou d'un pays à *vol d'oiseau*, ou *une vue d'oiseau*. Nous observerions aussi qu'en même temps que les objets s'éloignent de nous et se modifient dans leurs formes, certains détails cessent d'être distincts ou apparents à une distance déterminée de l'objet. Pour les grandes distances il y a des différences notables de netteté et de coloration des objets à cause du plus ou moins de lumière absorbée par l'air, et l'intensité de nuance de la couleur des objets éloignés serait atténuée par des causes qui rentrent dans l'étude de ce que l'on appelle la *perspective aérienne*. Si même nous montions sur une haute montagne ou en ballon, nous apercevrions encore plus d'objets plus petits, plus loin et moins détaillés; les hommes et les animaux finiraient par ne plus être vus que comme des points, et même ne plus être distingués du tout.

C'est d'après ces impressions optiques que les cartes et plans topographiques nous représentent la superficie d'un pays, dite sa *projection géométrale cavalière*.

Mais redescendons par la pensée de notre cime ou de notre ballon, et reposons-nous pour un moment sur quelque beau et paisible navire navignant en plein calme sur l'immensité de la mer. De quelque côté que nous nous tournions, nous ne voyons que le ciel et l'eau, l'horizon devant nous ne présente qu'une immense ligne qui nous paraît droite, mais qui nous enveloppe comme dans un cercle tout autour de nous. Qu'arrive-t-il ? Plus d'objets près de nous pour nous fournir d'utiles renseignements sur les distances, aucune interposition entre nous et l'horizon pour nous servir de jalons; il en est de même quand nous regardons au-dessus de nous le ciel étoilé, nous perdons le sentiment de l'appréciation des distances.

L'expérience seule développe en nous la faculté de connaître, d'après une simple inspection, la grandeur, la forme, la disposition, etc., des objets. Cette faculté n'est pas innée, elle s'acquiert par une observation persévérante et attentive des diverses sensations que nous éprouvons en regardant les objets à différentes distances. Le ciel étoilé nous paraît surbaissé, d'après ce principe faux que la surface du ciel doit nous paraître plus éloignée près de l'horizon qu'au-dessus de notre tête et parce que nous nous imaginons que la distance est plus grande quand nous la voyons remplie de beaucoup d'objets intermédiaires.

Si, au lieu de supposer que nous pivotons sur nous-mêmes, pour regarder circulairement autour de nous, notre corps et nos yeux demeurent fixes, et que, voyageant en voiture, en chemin de fer ou en bateau, les objets se meuvent au contraire autour de nous, il se passe alors plusieurs phénomènes différents.

Et d'abord, plus la locomotion est rapide, et moins les images se peignent distinctement dans nos yeux. La manière dont les objets sont éclairés influe, aussi bien que leur couleur propre et leur distance, sur l'intensité et la netteté de nos perceptions.

Si nous agitons en l'air, avec une certaine célérité, une allumette embrasée, cette opération nous offre une sorte d'auréole linéaire couleur de feu, ce qui n'est que l'effet des images successives (qui se déposent dans notre œil) du point incandescent qui se déplace. C'est une pure illusion, puisque la perception précise de l'allumette est, dans ce cas, tout à fait impossible; de même que, lorsque nous parcourons en voiture une route plantée de rangées d'arbres, nous ne saurions saisir entièrement les formes de ces arbres à cause de la vitesse du véhicule. Un autre phénomène se présente en outre à l'observation du voyageur immobile et assis devant la portière d'une voiture qui roule : les objets extérieurs semblent fuir.

La même illusion se manifeste sur un bateau d'où l'on voit se dérouler, sans bouger soi-même, tous les objets qui nous entourent.

La marche de la navigation étant plus lente sur une rivière que celle d'une voiture, les objets les plus voisins sont ceux dont nous concevons le mieux la forme.

De ces diverses impressions on peut conclure : que la perception des objets qui frappent nos yeux varie dans les conditions les plus diverses; *la fixité* est nécessaire à la vue distincte d'une chose quelconque; une certaine distance est aussi nécessaire pour juger d'un ensemble ou d'un détail, ainsi que certaines circonstances de lumière et de couleur. Nous ne voyons jamais que certaines faces des corps, à moins que la qualité dite transparence ne nous les laisse découvrir toutes ou partie seulement.

Il parait donc que, dans l'acte de vision, il existe des perceptions : vagues, troubles, plus ou moins distinctes, et tout à coup distinctes. La lumière produit les couleurs, et c'est par la couleur que la sensation des formes nous est transmise.

Nous voyons vaguement les objets en mouvement, la roue du carrosse qui roule laisse dans notre œil une impression plus nette de sa circonférence en mouvement que des jantes qui ne paraissent que comme une vapeur (1).

Il en est à peu près de même lorsqu'en marchant rapidement le long d'une grille, notre vue est impressionnée par les images confuses et verticales des barreaux qui semblent passer à côté de nous en interposant comme une sorte de voile qui ne nous empêche pas néanmoins d'entrevoir les objets qui sont derrière. Notre vue a donc besoin de s'arrêter, ou que les objets soient arrêtés, pour en comprendre la forme ou en tirer des jugements. Les objets qui nous entourent sont variés à l'infini, comme leurs substances ; ils sont opaques ou transparents, liquides ou solides et vaporeux; nous ne les apprécions que par nos sens, et le sens de la vue ne suffirait pas à nous les faire connaitre à lui seul. Un objet considéré isolément peut présenter à notre vue, quoique ne changeant pas intégralement de forme, un nombre illimité d'apparences; mais quoique ce nombre soit illimité comme le nombre des points où nous nous établissons

(1) On observe le même fait dans les ailes d'une mouche qui vole.

successivement en tournant autour de l'objet, nous déduirons les règles que l'observation nous fait découvrir en nous tenant placés en face ou de côté, au niveau, au-dessus ou au-dessous du niveau de l'objet. C'est ainsi que, par l'expérimentation faite sur des objets les plus simples d'abord, nous arriverons à l'intelligence générale de ceux qui sont plus compliqués, et aux lois invariables de la perspective.

Les impressions produites sur nos organes par les objets extérieurs sont plus ou moins agréables, selon des idées plus ou moins agréables qu'ils occasionnent en nous; il est important de pénétrer les causes de ces effets moraux sur nous-mêmes pour comprendre le parti que les arts d'imitation en doivent tirer.

La lumière répandue autour de nous avec plus ou moins d'intensité nous facilite l'intelligence du relief des objets, de leurs positions relatives et de leur configuration.

L'éclat de lumière attire physiquement nos regards. Les formes se perdent et finissent par s'effacer dans l'ombre.

Les lumières naturelles sont celles du soleil ou de la lune, les lumières factices sont celles du feu, d'un flambeau, d'une bougie, du gaz, et chacune de ces lumières offre des caractères particuliers à l'observateur, et l'étude du mode d'éclairage des objets par la lumière en général constitue ce qu'on appelle *le clair-obscur* (partie très-difficile et compliquée de l'art du peintre et qui mérite le nom de haute science, en ce qu'elle exige tout le génie d'observation dont l'homme est capable pour arriver à la perfection de l'imitation en peinture).

Il ne s'agit que d'un peu d'attention pour établir des points de comparaison entre les formes. On retient facilement les choses simples. Rien de plus simple en fait de formes ayant corps, et par conséquent visibles, que la boule, l'œuf, le rouleau, le dé à jouer, la pyramide, le cône ou pain de sucre. L'intelligence des formes dépend de la facilité que l'on a naturellement par instinct, ou qu'on acquiert pratiquement de démêler instantanément dans les objets que l'on veut représenter le plus grand nombre de rapports qu'ils ont avec les éléments ci-dessus, ou avec d'autres points de comparaison plus ou moins frappants. Cette faculté de saisir ainsi les caractères des formes est essentielle au caricaturiste (1).

Les formes ont un langage dont le sens s'apprend en observant tout continuellement. Elles sont variées à l'infini, se meuvent et se modifient sans cesse par la perspective, c'est-à-dire selon *la manière dont nous les voyons*, ou le *point de vue* d'où nous les contemplons. Il est utile d'apprendre d'abord à représenter les corps solides et simples de la géométrie, et à leur donner du relief par les ombres, avant d'entreprendre de copier les objets qui s'offrent journellement à nos regards. On comprend en effet que si l'on veut dessiner et ombrer un fruit arrondi ou ovale, tel qu'une orange, un citron, une grappe de raisin, une citrouille, une prune, une pêche, une pomme, on y parviendra plus aisément dès qu'on saura dessiner et ombrer une boule ou un œuf, qui sont les formes les plus régulières, et qui offrent quelque ressemblance avec l'orange, le citron, le raisin. On pourrait appeler les formes géométriques des formes radicales, ou racines originales typiques, d'où sont nées celles plus composées.

Si l'on a appris à dessiner et à ombrer un cylindre ou bâton, on dessinerait plus aisément un tambour, un verre à boire, une boîte arrondie, une colonne, etc., etc.

Dès qu'on saura observer, dessiner et ombrer un corps à plusieurs surfaces planes, tel qu'un prisme ou un dé à jouer, il deviendra plus aisé de dessiner un tabouret, une table, une chaise, les murailles d'une salle carrée, etc., etc. L'étude initiale, que j'appellerai primaire, des corps ronds, de la sphère, de l'ellipsoïde, du cylindre et des corps à pans donnera la clef de tous les mystères du dessin et de la perpective. (Voir la Géométrie pour la manière de les construire en carton.)

Pour dessiner et ombrer une boule de la façon la plus simple d'après nature, il n'y a pas de meilleur moyen que de tracer exac-

(1) Le mot caricature vient de l'italien *caricatura* ou exagération des formes.

tement un cercle et d'employer l'estompe pour placer les teintes dégradées qui rendront la rondeur parfaite ; de bien examiner dans la boule ou le globe qu'on aura devant soi, le point exact où la lumière frappe le plus vivement, et de commencer de ce point à frotter le papier bien circulairement et en augmentant la force de l'estompage de plus en plus à mesure qu'on approche des bords du trait qui est la limite de notre corps sphérique. N'oublions pas de dire que la situation la plus simple de la boule que nous prendrions pour modèle serait celle de la suspension en l'air au bout d'un fil, une feuille de carton blanc étant placée derrière. On éclaire la boule (qui sera blanche, en plâtre ou en bois peint à la céruse) de différentes manières, premièrement d'en haut, comme si elle recevait le soleil en plein midi, puis de côté, de face, puis d'en bas. Il est utile d'éloigner d'abord du modèle tout objet qui pourrait se refléter dans les ombres. On découvrira par cette expérience quelle est la valeur de l'ombre d'une boule, quand cette ombre n'a aucun voisinage coloré capable de la modifier. Remarque : Si la boule offre une surface mate, la lumière qui sera sur le point principal n'y sera point aussi nettement distincte que si le corps était poli. Une boule de verre, remplie de mercure, placée en regard de la boule de plâtre, miroiterait en répétant le foyer même d'où part la lumière, et en se peignant de l'image curieuse de tous les objets colorés environnants. Une goutte d'eau n'est autre chose que la réduction de la boule de verre, elle y reflète ce monde entier d'objets inanimés ou animés qui meublent l'espace autour d'elle et qui confondraient notre esprit si nous les pouvions voir à la fois.

LE POINT DE VUE OU POINT PRINCIPAL

On ne doit jamais dessiner d'après nature, en commençant un dessin étant debout, pour le continuer étant assis, cela donnerait deux points de vue, ce serait aussi absurde que de monter sur le toit pour dessiner un intérieur de cour et de terminer cette vue en s'asseyant dans la cour.

La place du point de vue est généralement au milieu du tableau sur la perpendiculaire élevée par ce centre. S'il doit être placé à une certaine hauteur au-dessus du sol, l'artiste abaissera le point de vue en le portant un peu à droite ou un peu à gauche, selon le besoin de la scène. La distance dans tous les cas doit être comprise entre une demi fois et trois fois la largeur du tableau.

OPÉRATIONS DE LA PERSPECTIVE

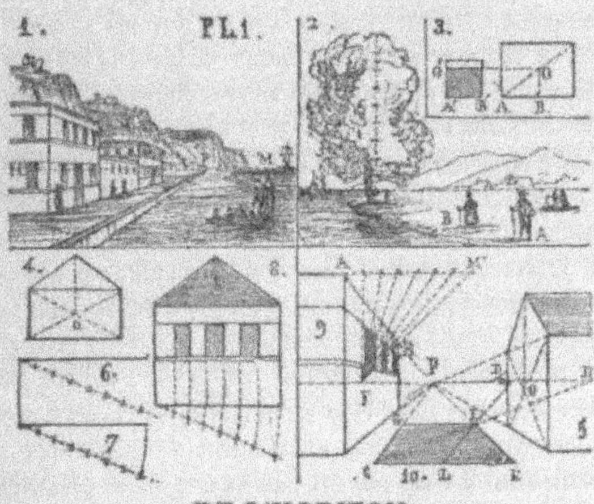

DE L'HORIZON

Lorsque l'on dessine d'après nature ou que l'on veut composer, on doit avant tout s'occuper de l'*horizon*, qui est la ligne qui sépare le ciel d'avec la mer. L'horizon est toujours situé à la hauteur de l'œil du dessinateur, quelque élevé qu'il puisse être, fig. 1 ; quand on aperçoit le véritable horizon comme en M, on le désigne sous le nom d'*horizon visuel*; mais quand il n'est que supposé, qu'en H, c'est l'*horizon rationnel*. Cet horizon factice doit être juste à la place où se trouverait le véritable.

L'*horizon sert à déterminer la hauteur des différents objets suivant les divers plans*. Exemple de l'horizon placé à cinq pieds d'élévation, puis à d'autres élévations :

Fig. 2. Je suppose avoir établi l'horizon le plus exactement possible, et avoir déterminé à l'œil, ou avoir placé à volonté une figure humaine au point A : la première remarque à faire est que la tête de cette figure touche juste à l'horizon ; le terrain perspectif, celui sur lequel elle pose, est dans une direction parfaitement horizontale dans toute son étendue ; il faut alors que les têtes de toutes les figures qui entreront dans la composition touchent toutes à l'horizon. Ainsi, pour déterminer la grandeur apparente d'une figure placée au point B, il suffit d'élever de ce point une verticale jusqu'à l'horizon, et on aura la hauteur totale de cette figure ; on obtient de même la hauteur de toutes les autres. Je suppose toujours que les figures humaines sont toutes de la même grandeur réelle, cinq pieds ; alors elles me servent à déterminer la grandeur apparente de tous les autres objets. Par exemple, je veux élever un arbre d'un point pris à volonté, et déterminer à cet arbre cinquante pieds ; de ce point j'élève une verticale indéfinie ; la grandeur qui est comprise entre le point pris à volonté et l'horizon est la grandeur d'une figure humaine, c'est-à-dire de cinq pieds : reportons cette grandeur neuf fois sur la verticale à partir de l'horizon, j'obtiens cinquante pieds. Agir de même pour tous les autres objets. Il est à remarquer que les largeurs s'obtiennent absolument de même que les hauteurs ; seulement il n'est pas dit que la tête de la première figure donnée se trouvera juste à la hauteur de l'horizon ; souvent elle dépasse l'horizon, d'autres fois elle se trouve au-dessous. Dans l'un ou l'autre de ces cas, voici le raisonnement qu'il faut faire : Si la première figure dépasse l'horizon, de combien dépasse-t-il ? de deux pieds ; je suppose donc que l'horizon est à trois pieds, et coupe à cette hauteur tous les objets. Si l'horizon est plus élevé que la figure, par exemple qu'il y ait deux pieds entre l'horizon et la tête de la première figure donnée, l'horizon est à sept pieds, etc., etc.

L'horizon doit toujours être à la hauteur de l'œil, quoique l'on soit très-élevé, attendu que la terre étant ronde, l'horizon suit l'œil et monte avec lui ; seulement plus le dessinateur sera élevé, plus l'espace qu'il découvrira sera grand.

La ligne d'horizon doit toujours se rendre par une ligne droite.

Principe. Le *terrain perspectif* est l'espace compris depuis la base du tableau jusqu'à l'horizon.

Pour déterminer dans un tableau, à un plan éloigné, une plaine plus abaissée que le premier plan, cela s'obtient en faisant les figures et les objets beaucoup plus petits. Ainsi je suppose au premier plan la figure donnée touchant à l'horizon, et dans la plaine la figure donnée a deux fois sa grandeur apparente entre elle et l'horizon ; donc, pour cette dernière, l'horizon est à quinze pieds, tandis qu'il ne l'est qu'à cinq pour la figure du premier plan ; donc la plaine est dix pieds plus bas que le premier plan, etc., etc.

Principe. Quand les objets horizontaux sont placés au-dessous de l'horizon, on en doit voir le dessus, et conséquemment, s'ils sont placés au-dessus, on en verra le dessous.

DES LIGNES PARALLÈLES FUYANTES ET DU POINT DE FUITE PRINCIPAL

Toutes les lignes parallèles à la ligne d'horizon s'appellent *lignes horizontales*; on désigne sous le nom de *lignes parallèles fuyantes* toutes celles qui, étant dans un plan horizontal et étant prolongées, vont se réunir à un point quelconque de l'horizon. Les lignes fuyantes placées au-dessous de l'horizon paraissent monter, celles qui sont au-dessus semblent descendre. Le point où ces lignes se réunissent se nomme point de fuite ; parmi ces points de fuite on distingue le *point de fuite principal*, qui est toujours sur l'horizon, en face de l'œil du dessinateur ou du spectateur, fig. 1. Ce point, que je désigne par un P, sert de point de fuite à toutes les lignes fuyantes qui font angle droit avec les lignes horizontales ; donc, quand un angle perspectif est le résultat d'une ligne horizontale et d'une qui tend au point P, quelle que soit l'ouverture apparente que nous offre cet angle, c'est un angle droit. Or, en perspective, l'angle droit apparaît tantôt sous la forme d'un angle aigu, tantôt d'un angle obtus ; cela dépend de sa position et de son éloignement de l'œil.

Pour déterminer la surface d'un petit tableau en rapport avec celle d'un grand donnée

Fig. 3. Soit donné le grand tableau et le petit : il faut mener la diagonale du grand et reporter la largeur du petit sur le grand, de A en B ; de B élever une verticale ; à sa rencontre avec la diagonale, elle détermine O ; la grandeur B P O est la hauteur exacte du petit tableau.

Fig. 4 et 5. *Pour obtenir le milieu d'un carré ou d'un rectangle*, il faut mener ses diagonales : si alors, de leur rencontre O qui est le milieu, on élève une verticale, elle servira à déterminer le sommet d'un toit en fronton.

Pour mener des parallèles et pour élever des perpendiculaires

Pour mener des parallèles à une ligne donnée, on place un des côtés de l'équerre tout près et touchant pour ainsi dire à la ligne donnée, puis on place une règle touchant un des autres côtés de l'équerre ; alors tenant la règle immobile et faisant glisser l'équerre de manière qu'elle ne quitte jamais la règle, on peut par ce moyen mener autant de parallèles que l'on voudra. Si on voulait élever des perpendiculaires, il faudrait opérer différemment, c'est-à-dire que la règle devrait être placée la première afin de faire glisser l'équerre sur l'un de ces côtés.

Pour diviser une ligne en un nombre quelconque de parties égales

D'abord, pour *diviser une ligne de face* ou vue géométralement, il faut, fig. 6, mener une ligne droite faisant un angle quelconque avec la ligne donnée ; reporter sur la ligne d'opération autant de grandeurs égales que l'on veut obtenir de divisions de la ligne donnée, par exemple, sept. Je ferai remarquer que la première de ces grandeurs a été prise à volonté et que toutes les autres lui sont égales. Je continue, fig. 7 : joindre la dernière division avec le point extrême de la ligne donnée, et mener, au moyen d'une règle et d'une équerre, fig. 8, de tous les autres points de division des lignes parallèles à la dernière tracée, ces lignes diviseront la ligne donnée en parties égales.

Fig. 9. Pour *diviser en parties égales une ligne fuyante* tendant à un point quelconque de l'horizon, il faut du point A mener une horizontale indéfinie, reporter sur cette ligne sept grandeurs égales, puis joindre la dernière division M avec B, extrémité de la ligne donnée, prolonger la ligne MB jusqu'à l'horizon, et on obtient un point de fuite F, auquel il faut mener des lignes droites de tous les points, de division de la ligne A M, ce qui divisera la ligne donnée A B en sept parties égales. Il faut remarquer que les lignes qui des points de la division de la ligne A M vont tendre au point de fuite F, sont des parallèles fuyantes.

Autre remarque. Si l'on désirait obtenir des fenêtres sur les édifices fig. 8 et 9, après les avoir divisées, on élèverait des points de division, des perpendiculaires, etc. Il faut toujours que le nombre des divisions soit égal au double des fenêtres, plus une division.

DE LA DISTANCE

Lorsqu'une personne regarde un objet quelconque, un solide, par exemple, l'écartement qui existe entre son œil et le solide est ce qui s'appelle *la distance*, et le *point de distance* est dans son œil ; c'est le point de station. La première observation à faire pour représenter un solide est d'être placé de manière à pouvoir apercevoir toutes les extrémités visibles du solide d'une seule œillade; mais cet écartement peut être plus ou moins considérable, suivant que la personne a l'ouverture de l'angle visuel plus ou moins ouvert. Léonard de Vinci détermine la distance égale à trois fois la plus grande dimension de l'objet ; Le Poussin pensait qu'on pouvait voir et dessiner un objet en ne s'éloignant que de deux fois la largeur de sa plus grande dimension. Il résulte de ces divers avis que dans les tableaux des grands artistes la distance varie à l'infini, et que c'est sottise que de lui désigner une grandeur invariable. Un livre est lisible à la distance du bras étendu.

Comme on ne peut opérer sur un tableau avec le point de distance en avant, on a imaginé de reporter ce point sur l'horizon, à droite et à gauche du point de fuite principal, et également espacé de ce point ; la distance reportée sur le tableau doit être parfaitement égale à la distance réelle ; je la désigne par D. Lorsque l'on compose, on détermine à volonté la grandeur de la profondeur, et on cherche quelle est la distance sous laquelle est vu cet objet.

Pour mettre un carré en perspective

Il y a deux moyens : le premier est de mener la ligne horizontale E C, et des points E C, tracer des lignes fuyantes allant courir au point P, et de déterminer la longueur de ces lignes par une horizontale I G que l'on détermine à volonté ; donc, par ce moyen, on détermine la profondeur du carré à sa volonté ; c'est le moyen que les peintres emploient toutes les fois qu'ils composent. Si, d'après ce carré, on veut obtenir la distance, il est facile ; il suffit de mener la diagonale C I et de la prolonger jusqu'à l'horizon en D. Si ce point de distance D ne se trouvait pas dans le tableau et qu'il fût impossible de prolonger le champ du tableau, il faudrait de L, milieu de E C, et par l'angle I faire passer une ligne jusqu'à l'horizon ; elle déterminerait la moitié de la distance que je marque par D/2. — Dans le second cas, la distance est déterminée ; on obtient la profondeur du carré en menant de C une ligne en D, ce qui détermine le point I : ce point s'obtiendrait de même en menant de L une ligne à la D/2.

Le parquet de la planche III, fig. 15, s'obtient par la demi-distance ; on ajoute ensuite la diagonale C I, qui détermine, à son intersection avec les lignes fuyantes, toutes les lignes horizontales.

DES TOITS ou PLANS INCLINÉS

Fig. 11. Ce toit est formé de deux lignes qui vont tendre au point P, et de deux autres inclinées plus ou moins, mais parallèles géométriques. Dans les fig. 12 et 13, les lignes fuyantes qui limitent

les toits vont concourir à un point au-dessus de l'horizon que je désigne par point *sur-horizontal.* Ce point doit être verticalement au-dessus du point de fuite de la fabrique. Les toits des fabriques 12 et 13 n'ayant pas la même inclinaison, ont chacun leur point de fuite P' et P''.

DES POINTS ACCIDENTELS

Les *points accidentels* sont des points de concours où vont aboutir des lignes parallèles fuyantes. Lorsque le point de fuite principal et le point de distance sont déterminés, les points accidentels peuvent être placés à tous les autres endroits du tableau ; aussi, il peut exister dans une composition une très-grande quantité de points accidentels. La fig. 14 est un édifice placé accidentellement, attendu que son point de fuite F n'est ni le point P ni le point D.

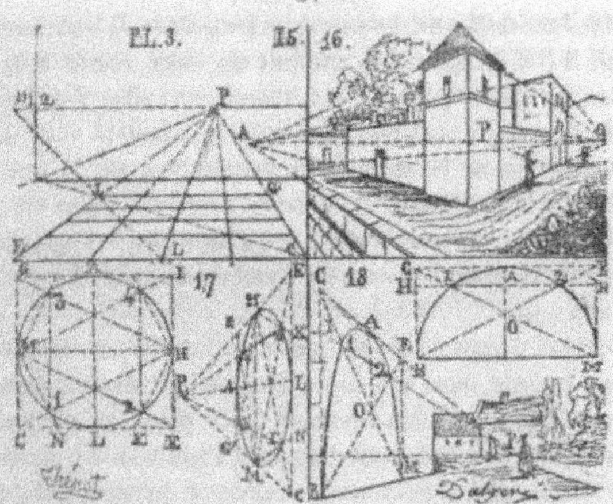

Fig. 16. Quand la face d'un édifice rectangulaire va concourir à un point accidentel que je désigne par A', l'autre face va concourir à un autre point accidentel A ; plus l'un de ces points est près du point P, plus l'autre s'en éloigne.

DES CERCLES ET DES DEMI-CERCLES

Fig. 17. *Pour mettre un cercle en perspective*, il faut déterminer un carré E C G I, puis le diviser en quatre, ce qui donne les points L M A H, diviser E C en quatre, ce qui donne K N ; alors mener les diagolanes E M, C H, H G, M I ; la rencontre des deux premiers avec les lignes N M, K H, détermine les points 1, 2, desquels menant au P, on obtient les points 3, 4 ; faire passer, à la main, la circonférence du cercle par les points I L 2, H 4, A 3, M 1, etc. Pour se rendre compte, consulter le *Géométral*, de même que pour la figure qui suit.

Fig. 18. *Pour mettre un demi-cercle en perspective*, il faut former un rectangle B C E M, qui est le produit de deux carrés réunis à la suite l'un de l'autre ; mener les diagonales : elles déterminent le centre O, duquel élevant une verticale, on obtient le point A ; de H, cinquième partie de la hauteur du demi-cercle, ou, ce qui revient au même, de la hauteur de B C, mener avec une ligne au P ; elle détermine à sa rencontre avec les diagonales les points 1, 2 ; faire passer la circonférence du demi-cercle par les points B 1 A 2 M, etc.

Les courbes perspectives, ou vues en fuite, devant toujours être décrites à la main, sans le secours d'aucun instrument, demandent beaucoup de soins ; c'est à l'examen de la précision de leurs formes apparentes que l'on peut juger de l'habileté du dessinateur, s'il a le sentiment des raccourcis, sentiment, du reste, qui s'acquiert par l'habitude jointe à la réflexion.

DE LA PERSPECTIVE DES CLAIRS ET DES OMBRES

On désigne sous le nom de *corps lumineux* celui qui envoie directement la lumière à notre œil, comme le soleil, la lune, une flamme, etc. On appelle *ombre*, tout ce qui est privé de lumière, ou la différence d'un objet éclairé à celui qui ne l'est pas ; il y a deux espèces d'ombres : 1° la partie d'un corps qui n'est pas éclairée ; 2° l'ombre que projette un corps sur une surface quelconque ; cette dernière s'appelle *ombre portée*.

La lumière se propage toujours en ligne droite ; les rayons du soleil et de la lune sont considérés comme parallèles entre eux, à cause de la distance immense de ces astres à la terre. Le soleil et la lune peuvent être placés de trois manières différentes par rapport aux objets et au spectateur.

Premier cas, fig. 19. Le soleil se trouve dans le plan du tableau prolongé à l'infini, les rayons lumineux sont parallèles à la surface du tableau ; ils se trouvent parallèles géométriquement ; ils sont plus ou moins inclinés suivant la hauteur de l'astre. Ainsi, après avoir mené des horizontales de la base de toutes les lignes verticales dont on veut obtenir l'ombre portée, on mène de l'extrémité supérieure de toutes ces lignes des parallèles. Souvent on commence par déterminer l'ombre portée par une figure humaine, telle que A C, puis on joint le point C avec B, sommet de la figure, et on obtient le rayon lumineux qui sert à déterminer toutes les autres ombres portées.

Second cas, fig. 20. Le soleil ou la lune se trouvent au delà du tableau, plus ou moins directement devant le spectateur, ou derrière les objets ; alors les rayons sont parallèles fuyants, et le centre de l'astre est leur point de concours. Donc, pour obtenir l'ombre portée par une figure humaine ou par une ligne B A, il faut du foyer de la lumière abaisser une verticale sur l'horizon, ce qui détermine un point T ; de ce point et par A faire passer une ligne jusqu'à la rencontre d'une autre ligne menée de S et par B, ou qui détermine C ; A C est l'ombre portée, etc.

Troisième cas, fig. 21. L'astre est en deçà du tableau, plus ou moins directement derrière le spectateur, ou en avant des objets. Comme dans le cas précédent, les rayons sont parallèles fuyants ; leur point de fuite est devant le spectateur, autant au-dessous de l'horizon que le soleil ou la lune se trouvent au-dessus. Il faut du point de fuite des rayons lumineux, point que l'on a placé à volonté, ou bien que l'on a obtenu par une ombre portée déterminée, il faut, dis-je, de ce point élever une verticale jusqu'à l'horizon, ce qui donne T ; alors pour obtenir l'ombre portée d'une figure ou bien d'une ligne B A, du point T mener une ligne au point A, et de B une ligne en N, que l'on nomme *nadir* ; la rencontre de ces deux lignes donne C ; A C est l'ombre portée, etc., etc.

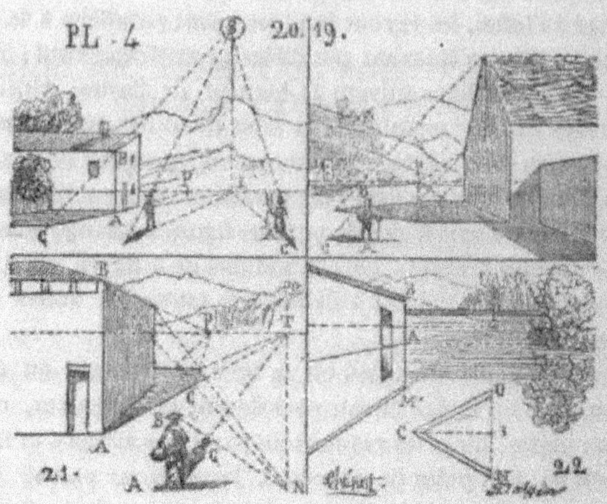

Vigueur des ombres et des reflets

Plus une surface est éclairée, plus les ombres qui seront portées sur cette surface seront vigoureuses.

L'ombre étant la différence d'un corps éclairé à celui qui ne l'est pas, il résulte que si la partie de la surface qui est autour de l'ombre portée est très-vivement éclairée, il y a une plus grande différence entre la partie éclairée et l'ombre portée, ce qui la fera paraitre plus vigoureuse ; l'ombre portée est d'autant plus prononcée que le corps qui la produit en est le plus près. Lorsque la lumière arrive sur un corps, elle est renvoyée aux objets qui l'environnent alors les objets sont dits *éclairés par reflet.*

Plus un corps sera brillant, plus la lumière qu'il renvoie sera brillante. Le reflet est aussi d'autant plus prononcé qu'il est plus près du corps duquel il jaillit.

DE LA RÉPÉTITION OU MIRAGE DES OBJETS SUR LES EAUX CALMES

La répétition est toujours égale à l'objet qui l'a pu produire ; les objets, en se réfléchissant, paraissent en sens contraire ; la réflexion d'une ligne fuyante va tendre au même point que la ligne qu'elle réfléchit.

Fig. 22. Ainsi, pour *déterminer la réflexion d'une ligne droite* A B, qui est perpendiculaire à la surface de l'eau, il faut la prolonger, et déterminer A M, exactement de la même longueur que A B. Si la ligne était inclinée, telle que C O, de C on mènerait une horizontale C I ; puis réfléchissant I O, on obtiendrait le point N, etc., etc. C'est par la continuelle observation de ces principes que, dans la peinture, on peut arriver à un résultat satisfaisant, attendu que, dans cette condition seule, l'artiste sait ce qu'il fait, et pourquoi il le fait.

EMPLOI PRATIQUE DES MIROIRS

Si un miroir est un meuble utile à la beauté, il embellit par son emploi judicieux la décoration des palais et des monuments. En effet, il double ou multiplie même à l'infini l'impression de la profondeur perspective des appartements, des salles d'apparat, des galeries de tableaux ou autres objets d'art. Tout le monde connaît la magnifique galerie des miroirs du palais de Versailles, dont la richesse et la somptuosité acquièrent par la multiplicité des miroirs un cachet grandiose de féerie tout à fait magique. Les miroirs placés en face les uns des autres font aussi, dans certains cafés de nos capitales (quand ils sont accompagnés de l'éclairage brillant, rêver à des perspectives infinies qui trompent agréablement.

ÉTUDE TRÈS-CURIEUSE SUR LES MIROIRS PLANS OU SPHÉRIQUES OU ARRONDIS

Tous les corps polis sont autant de miroirs qui répètent plus ou moins nettement les images environnantes. Les vitres des fenêtres, malgré leur transparence, les bouteilles, les vases polis en porcelaine, tous les cristaux en offrent des exemples partout. Les métaux, l'argent, l'or, etc., en prenant le poli, deviennent autant de miroirs; les cuirasses de nos soldats, leurs casques arrondis étincellent au loin en répétant des centaines de points lumineux qui sont autant d'images du soleil réduites à des dimensions très-petites. La lumière des objets éclairés s'allonge ou s'élargit suivant la forme des objets qui les répètent, elle s'étend et produit des luisants d'autant plus nets que les corps qui les portent sont plus unis. Ex. : les globes des pendules sur les cristaux usuels (1).

Pour peindre ou dessiner son propre portrait en profil, il faut deux miroirs inclinés de façon que le miroir qui donne le profil soit vertical par rapport au parquet sur lequel pose la personne, mais faisant sur la prolongation du plan des épaules, un angle de 45 degrés, ce qui donne l'image du profil de tête parallèle à la partie gauche ou droite (comme on veut) de la tête. Cette image ne peut être vue par nous que par la réflexion dans un autre miroir placé par conséquent en face de nous. C'est un troisième miroir.

Les miroirs plans, inclinés sous des angles favorables, fournissent à l'artiste peintre d'histoire des moyens simples et commodes pour

(1) Deux carrés de verre noirci à l'huile et au vernis joints à charnière par une peau collée pour en faire un angle, plan s'ouvrant à volonté et posés à angle droit sur un dessin d'ornement, donnent une rosace à quatre divisions. C'est le principe du caléidoscope. En diminuant ou ouvrant l'angle, on obtient des rosaces régulières plus multiples.

étudier certains raccourcis du corps humain qu'il serait impossible à un modèle de donner; quand il s'agit, par exemple, de représenter des figures volantes, ou des poses à mouvements instantanés comme dans la course ou la chute.

Les peintures des plafonds offrent des exemples de ces sortes de raccourcis.

Boules de verre étamé pour l'embellissement des jardins
Expériences très-nouvelles

Les anciens, dans leurs fables mythologiques, ont représenté la vérité toute nue avec un miroir, mais il n'ont pas pensé qu'il y a des miroirs qui répètent la réalité en la déformant; je ne puis en citer de plus frappant exemple que celui des globes de jardin dans lesquels on se voit avec une énorme tête et des pieds microscopiques. Procurez-vous donc un de ces globes, puis, ployez une bande de carton mince roulé en anneau imitant un rond de serviette cylindrique, d'un doigt et demi de hauteur, placez votre boule sur ce support, elle demeurera fixe.

Son immobilité vous permettra d'observer alors les déformations des objets environnants qui se grouperont diversement à sa surface. Il m'est arrivé de poser ainsi un globe ou miroir de ce genre sur un plat ovale en faïence de Rouen, dit à la corne, que je possède; à l'instant même et en se plaçant à une distance suffisante, on voit alors se peindre sur la partie inférieure du globe-miroir toute l'ornementation peinte sur le plat ovale et monter presque jusqu'à la demi-hauteur du globe, en y laissant l'image d'une sorte de bol ou tasse décorée dans le même style. Le décor jaune, bleu et rouge qui était peint sur le fond du plat, est donc venu se peindre de lui-même à la surface de l'hémisphère inférieur du globe-miroir. On observera que plus le plat serait creux et plus sa bordure s'élèverait et couvrirait de surface sphérique. Placez ce même miroir-globe sur un papier blanc, où l'on aurait tracé à l'encre des lignes droites se croisant toutes sur un même centre et formant une sorte de faisceau étoilé de rayons équidistants, on verra la boule s'envelopper, de bas en haut d'une sorte de cage, formée par les lignes droites qui deviendront courbes sur la sphère.

Autre expérience : Tracez sur une grande feuille de papier blanc, à la règle et à l'encre bien noire une quantité de lignes droites parallèles et placez votre boule posée dessus, vous verrez converger ces lignes droites, à droite et à gauche, si votre papier est posé devant vous de façon que vous voyez les lignes droites de front horizontalement. Si le papier est placé à plat, de façon à ce que les lignes tracées soient vues perpendiculairement à la ligne de terre qui serait devant vous, les lignes convergeront vers le fond et le bord du papier le plus éloigné de la boule formera une sorte d'équateur horizontal sur le globe, faisant l'illusion d'un parquet planchéié fuyant au loin devant vous. Ces expériences toutes matérielles donnent la raison palpable des lignes fuyantes et convergentes sur les surfaces planes. Notre œil n'est autre dans sa forme qu'un miroir arrondi où les lignes droites convergent et se courbent selon leur place à la surface même de l'œil qui est le foyer des images perspectives. Posez une règle de bois, un carrelet, tangent au miroir étamé, et placée parallèlement à vous-même, les parties linéaires de droite et de gauche de la règle convergeront à droite et à gauche en se courbant plus ou moins, selon que l'œil du regardant est placé en-dessus ou en-dessous du plan du carrelet. Placez la boule bien au centre d'un grand carré, vous verrez les angles du carré disparaitre et devenir une seule ligne horizontale circulaire.

PERSPECTIVE ET PHOTOGRAPHIE

PHÉNOMÈNES OPTIQUES RELATIFS AU RELIEF DES OBJETS

Les photographes intelligents et habiles constatent par expérience qu'il faut être à trois mètres de distance pour que l'œil embrasse commodément et distingue sans confusion un objet long ou large d'un mètre posé horizontalement ou verticalement et parallèlement à la face ou poitrine du spectateur et par conséquent de la ligne de terre ou base du champ perspectif appelé tableau, sorte de fenêtre visuelle qui encadre les objets situés sur le terrain au-dessous et au-dessus de la ligne d'horizon. S'ils font un portrait, le point de vue ou centre du rayon visuel devra être sur un horizon choisi et placé entre la ligne des yeux et celle de la bouche. Voir les portraits de Rembrandt, Van Dyck et Philippe de Champaigne. Dans un paysage ou marine, l'horizon est au 1/3 inférieur du tableau.

Dans les portraits, si les jambes ou les bras viennent en avant du spectateur et que l'objectif soit trop près, on obtient des exagérations monstrueuses de ces membres si on est trop près du modèle.

Du stéréoscope et expériences nouvelles relatives à la vision stéréoscopique

La dénomination de cet instrument, aujourd'hui si répandu, vient de deux mots grecs : *stéréos*, relief, et *scopeo* je vois (je vois en relief); en effet, la disposition des deux verres lenticulaires placés l'un à côté de l'autre à un intervalle précisément égal à celui de nos deux yeux permet de voir simultanément les deux images photographiées ; mais ce que beaucoup de personnes ignorent, c'est que les images photographiées ne sont pas exactement semblables, et que c'est précisément parce qu'elles ont été prises d'après nature, chacune d'un point de vue qui représente l'un celui de l'œil droit, l'autre celui de l'œil gauche, qu'elles produisent en les regardant par les deux deux verres de l'appareil une illusion aussi frappante que dans la réalité.

Pour expliquer ce surprenant effet d'optique, il suffit d'un peu d'attention; si nous regardons avec l'œil droit un seul objet ou un ensemble de plusieurs objets, en fermant l'autre, nous ne voyons qu'un seul aspect perspectif. Si, sans changer la position de la tête, nous fermons l'œil droit pour examiner la même chose avec l'œil gauche, l'aspect perspectif aura tant soit peu varié du premier; car certaines parties des objets que l'œil droit voyait se cachent, se couvrent ou semblent moins développées pour l'œil gauche, surtout sur le devant de la vue. On peut donc conclure de là que l'œil gauche voit certaines faces des objets placés à sa droite que l'œil droit voit moins développées ou ne voit même pas du tout, et qu'il en est de même de l'œil droit par rapport à ce qu'il voit des objets placés à gauche. Dans notre cerveau, par un mystère que nous ne pouvons que constater, la fusion de ces deux impressions visuelles s'opère, et nous y admirons la plus remarquable prévoyance de la nature, puisque cette disposition des deux organes qui transmettent à l'âme les images extérieures est la seule capable de nous avertir du *relief des corps* qui nous entourent. Un seul œil ne nous eût donné qu'une vision imparfaite; il en a fallu un second, pour nous montrer le côté de ce qui était saillant: la fusion des images en une seule a complété ce bienfait qui était nécessaire pour nous tirer de l'erreur qu'eût occasionnée le fait de deux visions. On démontre que la distance qui existe entre nos deux yeux et la position que la Providence leur a imposée est l'unique situation capable de nous donner la conscience de l'unité d'image par l'effet des deux perspectives que chaque organe perçoit séparément, par une opération des plus simples et plus convaincantes que toutes les démonstrations les plus savantes; il suffit, en tenant les deux yeux ouverts en même temps, d'appuyer un peu fortement un doigt sur la partie supérieure d'un des deux globes, pour déranger sa position et par conséquent l'axe de vision de ce côté; on éprouvera immédiatement l'impression des deux images au lieu d'une.

Léonardo da Vinci, dans ses études sur les phénomènes de la vision, avait le premier signalé le rôle des deux points de vue de nos organes comme contribuant à fortifier la sensation du relief. Ces observations, tirées du sommeil de l'oubli, furent reprises par

Wheatstone de nos jours, et, méditées de nouveau plus profondément, lui suggérèrent l'invention de l'appareil stéréoscopique dont la photographie a fait aujourd'hui un des jouets les plus instructifs et les plus propres à former le goût en multipliant à l'infini les images des beautés de la nature à un prix fabuleux de bon marché.

Les considérations précédentes nous induisent aussi à comprendre qu'un tableau, malgré ses couleurs et dans son cadre, quelle que soit la perfection de représentation manifestée par le talent le plus magistral de son auteur, ne peut atteindre à l'illusion du stéréoscope.

Il serait peut-être possible d'arriver par la peinture à tromper optiquement le spectateur au moyen de deux représentations peintes, copiées, d'après nature, de deux points de vue qui seraient pris au même niveau et distants entre eux de l'intervalle qui sépare les deux yeux.

Il ne s'agirait plus alors que de disposer les deux tableaux l'un près de l'autre à une distance convenable et de les regarder à l'aide d'un appareil stéréoscopique particulier.

Le stéréoscope semble démontrer aussi que le coloris n'est pas indispensable pour donner la notion de l'enfoncement des objets dans le tableau ; elle ne fait que compléter l'illusion des objets par la réalisation de leur couleur habituelle.

Si l'on place dans un stéréoscope, au lieu d'épreuves photographiées, des objets de différents genres, il se passera des phénomènes extrêmement inattendus que je livre à l'observation de tous les amis de l'étude et qui sont en tous cas d'une intéressante curiosité.

Par exemple, placez sur le plan où se posent les épreuves stéréoscopiques dans la moitié gauche du rectangle qu'elles occuperaient, une feuille de papier gaufré ou grenu, et dans l'autre moitié une feuille de papier lisse d'une autre couleur (verte ou autre), vous ne verrez qu'une seule image colorée verte qui portera l'empreinte du gaufrage ou du grenu du carré de papier voisin.

Si, au lieu de gaufrage ou de grenu, nous avions des lignes parallèles ou autrement ou même des points, leurs traces apparaîtraient sur le papier qui en est dépourvu ; il s'opère donc là une fusion d'impression de couleurs et de formes qui se reporte réciproquement d'une image sur l'autre et qui concourt néanmoins à former une unité de perception optique. Si nous analysons successivement ce qui a lieu relativement à la forme et ce qui a lieu relativement à la couleur, nous constaterons des singularités entièrement nouvelles.

Plaçons dans notre stéréoscope, du côté gauche, et précisément dans l'axe du rayon visuel de l'œil gauche, un cercle ; plaçons en même temps, du côté droit et exactement dans l'axe du rayon visuel de l'œil droit, un triangle équilatéral à peu près de la même grandeur superficielle que le cercle ; en regardant par les deux oculaires du stéréoscope, on verra la réunion par superposition des deux figures qui pourraient être indistinctement de toute autre forme. Qu'on y substitue deux médailles ou pièces de deux sous, l'une ayant le profil dans son sens et l'autre ayant le profil renversé ; en plaçant exactement chacune dans l'axe visuel de chaque œil, il se produira une seule image et le profil deviendra mixtiligne. Il en serait de même en substituant aux deux pièces de monnaies deux coquillages de peu de relief, mais d'espèces différentes, l'image stéréoscopique serait une métamorphose participant de l'un et de l'autre coquillage.

Si nous remplaçons les formes par les couleurs, nous observerons que les couleurs de droite se mêlent avec les couleurs de gauche. En effet, plaçons dans l'axe visuel de l'œil gauche un pain à cacheter jaune, et dans l'axe de l'œil droit un pain à cacheter de même diamètre bleu, nous percevons une seule image qui sera celle d'un pain à cacheter vert, produit du mélange du bleu et du jaune ; mais ce qui est le plus extraordinaire à observer et que chacun peut vérifier aisément en en faisant l'expérience, c'est qu'il y a intermittence dans l'impression du mélange, et que du jaune l'image ronde passe graduellement au vert et revient au jaune pour repasser au bleu, puis au vert et au jaune, comme par des ondulations insensibles qui sembleraient suivre les palpitations du cœur ou les battements du sang dans les veines du cerveau. Je soumets ici très-humblement un fait observé sur moi-même, qui paraît digne d'attention, et dont les physiologistes pourraient peut-être tirer d'utiles conséquences sur l'organe de la vue. Ces mouvements ondulatoires existent, je me borne à les soumettre aux recherches de plus savants que moi.

Je fais aussi observer qu'en plaçant à droite un pain à cacheter moitié jaune et moitié bleu, et à gauche un autre pain à cacheter moitié bleu et moitié jaune, on ne voit au centre du stéréoscope qu'un rond verdâtre. Il est nécessaire que la direction du diamètre qui divise chaque pain à cacheter soit verticale. Si l'un des diamètres était vertical et l'autre horizontal, on verrait un rond divisé par quarts de cercles, dans lequel deux quarts de cercles opposés par le sommet de leurs angles droits seraient verts, les deux autres quarts conservant leur nuance de jaune et de bleu séparément distinctes.

De ce que nous venons de constater précédemment, nous pouvons conclure que l'apparence du relief est imitée incomplétement par la peinture; que la sculpture est le moyen le plus direct de reproduire les formes de la nature, le dessin du contour extérieur d'un objet n'en donnant qu'une idée inachevée.

C'est ce qu'on nomme la silhouette. Tout le monde connaît les portraits de ce nom, exécutés avec des ciseaux en profil sur du papier noir, qui ont souvent beaucoup de ressemblance par l'exactitude des traits. On dit par extension la silhouette d'une montagne, d'un arbre, d'une fleur ou de tout autre objet.

La sculpture imite le relief des choses, abstraction faite de leur couleur. On a cependant fait des sculptures diversement colorées par les matières employées à leur exécution, soit marbre, bronze, autres métaux, ivoire, etc., etc. L'antiquité en fournit de nombreux spécimens appelés statues polychromes. Les biscuits et les porcelaines coloriées qui abondent dans nos riches magasins en sont aussi des exemples; mais le sculpteur sérieux s'occupe spécialement d'imiter avant tout les formes de son modèle sous tous les points de vue. Son travail doit être la fidèle reproduction de son sujet autour duquel il se place successivement pour en répéter autant de faces ou points de vue que l'original réel lui en présente. Une sculpture offrant en tous les sens autant de formes saillantes et creuses qu'un sujet donne, figure, animal ou plante, se nomme *ronde-bosse* ou figure de *haut-relief*. Par contraste, et dans la partie plus conventionnelle de cet art, on appelle demi-relief ou bas-relief un ouvrage aplati de figures, animaux ou arabesques exécuté sur un fond plane ou courbé et ne donnant qu'une partie plus ou moins ressortie de la véritable saillie de la nature.

Certains bas-reliefs, tels que ceux des médailles ou des gravures en pierres fines, sont tellement peu en dehors du fond, qu'ils semblent presque des dessins; on dit alors qu'ils sont traités en gouttes de suif. Ce genre n'est pas employé dans les grands monuments, il est admis dans la décoration des frises de certains vases; mais l'artiste habile, selon la hauteur où un bas-relief devra être vu, proportionnera toujours la saillie de son sujet à la distance du spectateur, en observant que la perspective et l'éloignement font perdre beaucoup de relief à tout ce que nous voyons.

Il n'est peut-être pas de profession artistique qui exige plus de connaissances de la perspective et de ses effets que celle du sculpteur, particulièrement quand il s'agit de composer des frontons ou ou des frises monumentales, ou de placer une statue sur un piédestal favorablement disposé.

L'architecte doit également connaître parfaitement la perspective afin de pouvoir donner sur le papier la figure de ce que paraîtront à la vue, après leur exécution, les édifices dont il aura conçu dans son cerveau, la forme, la disposition architecturale et calculé avec une précision mathématique le volume et les quantités de matériaux qui serviront à l'ensemble et au détail de la construction.

L'artiste qui se met en campagne pour un voyage d'étude ou d'exploration lointaine, fera bien de se munir de tous les instruments utiles ou commodes : il devra s'être familiarisé avec le maniement du tracé à la vitre et de celui non moins utile de la chambre claire, afin de pouvoir rapporter le plus de croquis et d'études perspectives exactes d'après nature qu'il lui sera possible.

Un militaire ou officier en campagne trouve dans la mise en pratique des connaissances de la perspective des moyens de mieux apprécier les distances réelles par les distances apparentes. On a construit du reste, pour les officiers, des lunettes d'approche qui, par des moyens très-précis, donnent pour ainsi dire l'échelle de proportion des hommes et des choses selon leurs dimensions apparentes perspectives. Si l'on veut même à la simple vue calculer approximativement la hauteur de la taille d'un homme ou l'élévation d'une maison, on la peut déduire de la hauteur même qu'on donne à la baie d'une porte ou d'une fenêtre, et on reporte chacune de ces mesures sur les longueurs ou largeurs linéaires qui constituent les dimensions qu'on veut connaître. La largeur du chemin, la hauteur d'un arbre sont approximativement appréciables pourvu qu'on ait pour point de comparaison une mesure connue fixe. Les poteaux télégraphiques des lignes de chemins de fer fournissent des échelles de proportion très-commodes pour déterminer les distances fuyantes.

Il est utile à chacun d'exercer l'œil aux mesures de près ou de loin. On se rend beaucoup plus exactement compte des longueurs réelles et des profondeurs de bâtiments ou d'intérieurs de cours, si on peut y plonger le regard de quelque point culminant. Dans une plaine très-vaste les distances en profondeur sont généralement très-difficile à juger. Les teintes vaporeuses qui recouvrent certains sites souvent peu éloignés les font paraître beaucoup plus distants qu'en réalité, le relief des objets s'aplatit dans l'éloignement.

DU CRAYONNAGE EN GÉNÉRAL

Étudiez à fond la perspective, c'est le moyen de perfectionner votre goût et vos dessins de jardins. Les plans géomètraux de vos tracés, doivent être mis en perspective, car la déformation perspective de vos projets peut produire en réalité de tout autres effets que ceux qui étaient dans vos intentions ; il vous serait même nécessaire d'exécuter toujours en relief et à l'échelle avec de la terre à modeler les projets que vous ferez, pour mieux vous rendre compte des modifications perspectives produites par les mouvements du terrain confié à vos soins pour être embellis.

Pour esquisser, on choisit aussi dans les crayons de mine de plomb trois numéros qui indiquent leurs diverses duretés. Avec les plus durs, on dessine les contours légers ; avec les plus tendres, on touche les noirs, et avec les intermédiaires, qui s'effacent plus aisément, on met ensemble la place des objets. La manière de les tailler est utile à connaître pour éviter de perdre du temps quand on les casse. Les crayons tendres ont besoin de beaucoup de précautions. Pour la coupe de leur bois on commencera à les dégrossir avec un couteau ou un canif, en quatre pans, de manière à en faire arriver le biais jusqu'à chaque côté du carré que la mine de plomb laisse à découvert ; on fera ensuite quatre autres tailles en bois avec plus de précaution et de manière à entamer un peu les angles dudit carré de mine de plomb ; puis on dégagera peu à peu le bois qui entoure le plomb en amincissant graduellement la pointe, que l'on achèvera en la ratissant et la faisant tourner sur l'index de la main gauche.

Il est très-commode, pour la perfection de la pointe, d'employer un peu de papier d'*émeri* ou *de verre* très-fin, sur lequel on fait rouler le crayon en le soutenant de l'autre bout et l'abandonnant à son poids. La longueur de la taille pour les crayons tendres doit être moindre que pour les durs, et pour ces derniers on peut lui donner la hauteur d'un ongle. Quant aux crayons de Conté noir, dits pierre d'Italie, il faut les appuyer sur l'index de la main gauche et faire marcher la lame de la pointe vers le gros du crayon; du reste, allez par quatre tailles, d'abord sur les quatre angles; en procédant successivement ainsi, vous arriverez graduellement à la pointe. On évitera aisément de se salir en armant ses doigts de vieux gants de peau. La propreté et le soin sont des conditions sur lesquelles on ne saurait trop insister auprès des élèves, et sans lesquels il n'y a pas de bon dessin possible. Un *garde-main* propre est aussi nécessaire pour éviter que le papier se graisse par la seule humidité de la main, ce qui empêche le crayon de prendre, ou les teintes du lavis de s'étendre également.

L'esquisse au trait doit être nette et légère, et, pour remplir ce but, il faut la plus grande attention à la tenue du crayon selon le genre de lignes qu'on exige de lui. En le tenant court dans les doigts et d'aplomb sur le papier, il marque très-ferme et creuse même quelquefois le papier, ce qui le rend plus difficile à effacer avec la gomme élastique; en le tenant long et incliné sur le papier, il y glisse légèrement et rapidement, ce qui convient au tracé des grandes courbes, telles que l'ovale d'un visage ou les lignes droites très-longues. Pour les lignes courtes de différentes formes, on a de l'avantage de le tenir plus court. La manière dont on appuie dessus et suivant le degré de noir qu'on veut obtenir, produit des effets très-variés dont on se rendra compte par les pratiques suivantes sur du *papier d'essai*. Avec chacun des trois crayons ci-dessus mentionnés et rien que pour faire connaissance avec eux, on fera des hachures parallèles de droite à gauche d'abord, et de gauche à droite ensuite, distancées également les unes des autres, droites comme des bâtons pour habituer la main à la régularité. On en fera de fines et courtes, puis fines et longues équidistantes, commençant carrément et finissant de même; puis, on en fera de plus épaisses. On passera aux hachures droites, mais fines à l'origine, renflées graduellement sur le centre et terminées en mourant, parallèles et équidistantes comme les premières. Pour chacun de ces exercices, on pourra se tracer des champs différents de grandeur, limités par des contours variés, comme seraient les départements ou divisions d'une carte muette géographique. On les remplira avec le plus de régularité possible de ces hachures qui devront présenter à l'œil des teintes uniformes. Il faut que les doigts apprennent à s'arrêter précisément *sur un contour* sans en franchir les limites de l'épaisseur d'un cheveu. Étudiez le crayon taillé en biseau plat.

On s'occupera de croiser les hachures régulièrement sous différents angles ; les plus employées sont celles en losanges ; celles à angles droits sont peu usitées, excepté dans des fonds. On fera observer la plus grande attention dans l'exécution d'une teinte unie de hachures droites, par exemple, en reprenant chaque trait pour en continuer plus bas la contexture, d'appuyer également et de ne pas faire de points noirs à la reprise de la teinte, ce qui produirait toute une rangée de traces. Les hachures droites qui finissent et commencent en mourant, ne laissent jamais voir les endroits où vous les reprenez.

Les hachures courbes feront ensuite l'objet de l'exercice final ; on les exécutera parallèles équidistantes, puis parallèles se resserrant graduellement ; on les croisera comme les précédentes ; et, pour les courber avec élégance, la longueur de tenue du crayon et la façon dont il pivotera sur les doigts, en ayant soin de reculer la main parallèlement après avoir donné quatre ou cinq traits de suite, pas plus, sont de première nécessité pour régler le mouvement. Le crayon dans une main habile paraîtra danser et se mouvoir en mesure ; la régularité mécanique du mouvement produit la régularité et la légèreté de la touche. Il ne faut pas revenir à deux fois sur un trait qu'on peut faire d'un seul coup. Pour faire des hachures grasses, il faut un crayon aplati ou mal taillé qui touche comme le ferait un pinceau. Les hachures ondulées comme les cheveux exigent aussi quelque étude. En examinant avec attention les travaux des gravures en taille-douce, on se fera soi-même d'excellents modèles qui briseront la main au mécanisme infiniment varié du crayon ou de la plume. Les lithographies modernes de paysage fourniront aussi d'excellents exemples de crayonnage pour le feuillé des arbres.

La plupart des maîtres de dessin qui professent dans les pensionats ont le soin ridicule de recommander aux écoliers de ne jamais tourner leur papier ou leur modèle ; je m'empresse de recommander au contraire à mes élèves de n'en tenir aucun compte et de chercher avant tout la commodité de la main et du bras ; qu'ils tournent leur papier devant eux suivant leur besoin, cela est fort indifférent, pourvu qu'ils aient le soin de tourner leur modèle exactement dans le même sens.

Manière de regarder le modèle

Avant tout, les élèves qui veulent avancer promptement doivent bien se convaincre de ces deux vérités fondamentales : 1° *avec de l'attention, on se corrige des mauvaises habitudes ; 2° avec l'application, on en acquiert de bonnes. Pour se corriger, il faut savoir les défauts à éviter ; il n'y a qu'à faire et cesser de faire.*

Un modèle nous est offert pour le copier ou le reproduire de trois manières : 1° de même grandeur (copie simple) ; 2° en plus petit (réduction) ; 3° en plus grand (copie augmentée). Voyons par quels moyens simples nous y arriverons. Mettons-nous bien en face.

Il est essentiel de se tenir à la distance convenable du modèle donné pour que l'œil puisse en embrasser aisément l'ensemble ; cette distance est ordinairement de deux fois et demie la hauteur du dessin. Si nous examinons de trop près, nous saisissons le caractère des détails et perdons de vue celui de l'ensemble. Le contraire arrive si nous examinons de trop loin. Il faut un plus grand jour pour apercevoir les objets répandus dans une campagne que pour apercevoir les meubles qui sont dans un appartement. Notre esprit doit tout comparer pour juger de tout et s'accoutumer de bonne heure à voir plusieurs choses en même temps.

Notre œil ne doit tout d'abord saisir que les grandes formes générales sans se préoccuper d'aucun détail. Voir où sont les lignes droites, où sont les lignes courbes, quelles sont les plus longues, quelles sont les plus courtes; si elles sont disposées horizontalement, verticalement ou en biais; quels sont leurs lieux de rencontre ou d'incidence, et quels sont les rapports de distance entre eux. On peut supposer un point central dans le dessin modèle et rapporter à ce point tous les objets environnants. Les quatre côtés du cadre sont aussi de très-bons guides pour les formes extérieures et aident beaucoup à les comparer. Le centre est à l'intersection des deux diagonales tirées des angles ou coins du cadre.

Pour vous rendre compte d'une forme compliquée, simplifiez-la d'abord mentalement autant que possible et observez dans le même genre des formes plus simples, par comparaison.

Dans un visage de face, considérez l'ensemble de l'ovale, car c'est la ligne enveloppante la plus longue, et, après en avoir établi la hauteur, son inclinaison par rapport au cou et sa largeur, vous pouvez, selon son caractère, la supposer ou la transformer en un contour composé de lignes brisées dont les pointes ou angles ont certaines dispositions plus aisées à saisir. L'expérience démontrera qu'il est plus facile de concevoir des rapports entre des lignes droites.

Chaque coup d'œil doit être rapide et souvent répété pour mieux impressionner la mémoire; mais il ne faut jamais examiner une forme sans la comparer à une ou deux de ses voisines, et si l'on peut en même temps lui trouver une ressemblance avec un autre objet déjà connu, mais plus simple, on éprouvera bien plus de facilité à la retracer. En copiant, on doit toujours procéder du simple au composé, des grandes formes enveloppantes aux petites formes enveloppées, du contenant au contenu. Pour dessiner une figure d'ensemble ou académie commencez par tracer une verticale au milieu de votre feuille de papier et une ligne horizontale de base, placez ensuite tout d'abord l'empreinte des pieds à leur distance respective, vous tracerez ensuite le sommet de la tête ou hauteur totale.

Ce qu'il faut éviter. — Quand on veut dessiner deux parties symétriques, telles que les yeux, les narines, les coins de bouche, il ne faut pas les exécuter isolément, mais bien les ébaucher en même temps et les avancer pour ainsi dire simultanément ; cette précaution est surtout fort nécessaire à la justesse d'ensemble des prunelles. L'élève doit aussi éviter de copier forme à forme, c'est-à-dire en les attachant successivement les unes au bout des autres, comme se ferait de la mosaïque, il doit mettre la place d'abord des grands objets et y faire entrer ensuite les petits ; charpenter légèrement et perfectionner la charpente générale à mesure que la comparaison des détails moindres lui fournit pas à pas de nouveaux moyens d'être exact et ressemblant. L'esprit ne peut comparer des choses qu'il ne voit pas en même temps, par conséquent il faut apprendre à voir en même temps le plus grand nombre d'objets possibles et à en saisir la liaison.

Copie réduite ou augmentée, d'après des modèles ou d'après nature

Aucun moyen n'est plus apte à donner au coup d'œil de la rectitude et de la justesse que de copier un modèle dessiné en se servant des carrés. On s'exerce donc pour le trait à augmenter ou à diminuer un modèle donné par ce moyen.

Pour cela et pour éviter de gâter son modèle, il suffit de fixer un papier végétal au moyen de quatre pains à cacheter sur le sujet qu'on veut reproduire en plus petit ou en plus grand, d'y tracer, au moyen de la règle, de l'équerre et du compas, un treillis de carrés contigus, et de tracer sur la feuille de papier qu'on destine à sa copie le même nombre de carrés plus grands ou plus petits et de répéter sur la copie les formes du modèle dans les mêmes situations et rapports respectifs où ils se trouvent dans l'original.

Pour cela on examine dans chaque carré du modèle les lignes qui entrecoupent les côtés tant horizontaux que verticaux de droite ou de gauche tant en hauteur qu'en largueur, et on commence par placer sur les côtés analogues (ou homologues en termes géométriques) les mêmes points d'intersection d'un carré correspondant de la copie; ces points de division, qu'on trouve facilement en se demandant s'ils tombent à droite ou à gauche, au-dessus ou au-dessous du milieu supposé des côtés qu'on envisage étant une fois trouvés, on trace les lignes dans leurs formes voulues, courbes ou droites, en les conduisant convenablement selon leur inclination si elles en ont une, et en ne perdant jamais de vue leur rapport d'éloignement relativement au centre du carré qu'on peut indiquer par l'intersection des diagonales (ou lignes qui traversent un carré d'angle à angle). Des fils, tendus horizontalement et verticalement devant son modèle pour dessiner d'après nature, se placent bien en face dans un châssis de bois au moyen de clous équidistants.

Cet exercice, pour devenir utile, se fait en multipliant d'abord suffisamment les carrés sur l'estampe pour rendre le travail plus facile, puis on recommence la même copie en couvrant le modèle d'un papier végétal portant un treillis à carrés plus larges et moins nombreux; le travail devient plus difficile, et plus l'élève acquiert de facilité à placer exactement les formes dans leur lieu et place, plus on grandit les carrés en les traçant sur le modèle plus grands et moins nombreux, on finira ainsi par les supprimer tout à fait.

On peut aussi apprendre à copier un modèle en sens inverse ou symétriquement au modèle, c'est-à-dire en plaçant à gauche ce qui est à droite et réciproquement. Ce qui est utile dans l'ornement surtout pour s'accoutumer au tracé des formes renversées.

Les planches d'exercices de dessin linéaire qui sont à la fin de ce livre sont d'une exécution très facile, on les copiera au compas et ensuite à vue d'œil. On s'exercera aussi à les tracer à différentes échelles de grandeur.

MOYENS GÉNÉRAUX

L'attention

On a beau avoir devant les yeux la nature qui nous assiège par les spectacles les plus variés; qui n'ouvre pas les yeux n'y voit que du feu. Il faut avoir le compas dans l'œil et ce n'est que par l'attention et la comparaison qu'on acquiert la rectitude du coup d'œil et le raisonnement qui nous initie en perspective aux causes de déformation qui s'opèrent selon le point de vue d'où nous voyons les objets matériels.

Recommandés à l'attention des écoliers pour perfectionner leur goût et arriver à la connaissance du beau.

Exercer l'esprit à la comparaison et à l'analyse et au choix des formes, à comprendre les causes de plaisir et d'antipathie que les formes et les couleurs nous occasionnent, comme l'oreille s'étudie à distinguer les consonnances et les discordances.

Le beau est partout, mais il faut le dégager de la société du difforme auquel il est souvent associé.

Ne prodiguons notre attention qu'aux objets qui le méritent réellement, éloignons-les de tout ce qui dégoûte ou répugne, tel que des objets en désordre, des couleurs discordantes ou sales. Évitons de séjourner dans les endroits où l'esprit ne peut contracter que des impressions pénibles sous mille formes discordantes. Choisissons nos promenades, arrêtons-nous aux monuments, cherchons la campagne, la verdure, les sites élevés, les points de vue étendus où l'âme se retrempe en songeant à l'infini.

Nos habitudes journalières influent immensément sur le goût; les mauvaises sont les plus grands obstacles qui puissent s'élever contre ses progrès. Une mauvaise écriture habitue l'œil aux mauvaises formes; comme remède à cet abus difficile à corriger, je conseille l'exercice du dessin linéaire d'abord, et de faire chaque jour passer au trait rapidement des figures géométriques, circulaires, polygonales et tracées sur un tableau modèle, afin d'accoutumer l'œil et la main à plus de régularité. Il est bon d'exercer le coup d'œil à mesurer les longueurs et les largeurs de tous les objets qui se présentent de près ou de loin, et de vérifier avec les mesures si on ne s'est pas trompé, on appréciera mieux par là les proportions de la nature et leurs relations réciproques.

Les griffonnages déplorables, les ratures, les surcharges auxquels s'abandonnent avec bonheur tous les écoliers sans exception, y compris les pâtés d'encre, les dessins informes sur les livres, le désordre, le gâchis dans les pupitres et les cahiers, en un mot le chaos universel qui règne dans tout son éclat au milieu des instruments d'étude et des attributs de l'éducation, voilà bien de quoi flatter un œil ami du beau et lui en inspirer le goût!

Comment est-il possible de concevoir nettement une seule idée, quand les objets extérieurs concourent à troubler toute conception paisible par les innombrables distractions contrariantes qui vous assaillent par les yeux? L'esprit qui, chez les enfants, conçoit d'abord par les yeux, peut-il se fixer posément sur un objet isolé d'étude, quand il est ainsi tiraillé par mille autres?

Supprimons le désordre et remplaçons-le par la régularité, ce sera un pas immense vers le progrès du goût, le soin succédant à la négligence et se reportant sur toute chose, les yeux, accoutumés bientôt à ne plus rien voir de choquant, régulariseront les formes de l'écriture, se plairont à l'arrangement et à la symétrie de l'entourage, aux couleurs agréables, et en un mot le goût commencera à poindre.

Aucune étude n'accoutume mieux l'artiste à la recherche du beau et de la symétrie qui est une des plus puissantes causes d'harmonie que le tracé géométrique des polygones réguliers étoilés, et de les transformer ensuite en polygones curvilignes, substituant des lignes courbes tracées avec des rayons égaux entre eux, de découper ces polygones, d'en découper même un certain nombre en papier de couleurs diverses et de les disposer par groupes, les liant entre eux par des courbes onduleuses pour s'exercer à la composition ornementale.

G
G
H
B
E
F
D
C
A

F. AUREAU. — Imprimerie de Lagny.

F. Aureau. — Imprimerie de Lagny

www.ingramcontent.com/pod-product-compliance
Ingram Content Group UK Ltd.
Pitfield, Milton Keynes, MK11 3LW, UK
UKHW022131260726
13993UKWH00003B/1365